Eva Eich

Escape Room

✶ ✶ ✶ ✶ ✶ ✶ ✶ ✶ ✶ ✶ ✶

Der Schatten des Raben

EIN ESCAPE-KRIMI ZUM AUFSCHNEIDEN

STOPP!!!

Bevor du in dieses Abenteuer startest, solltest du wissen, auf was du dich einlässt …
Auf jeder Doppelseite erwartet dich ein neues Kapitel der spannenden Geschichte und ein neues Geheimnis. Aber dieser Thriller ist kein normales Buch, bei dem du eine Seite nach der anderen umblätterst. Nur wenn du es schaffst, das aktuelle Rätsel zu lösen, erfährst du, an welcher Stelle im Buch du weiterlesen darfst.

Dazu werden dir mehrere Antwortmöglichkeiten angeboten. Hinter jeder Option siehst du einen kleinen Bildausschnitt oder ein kleines Detail. Doch nur bei der richtigen Antwort steht ein Bild, das du genau so auch tatsächlich auf den Zwischenseiten des Buches entdecken kannst.
So kannst du nicht aus Versehen eine falsche Seite öffnen.
Also keine Sorge, falls du mal nicht gleich auf die Lösung kommst! Mit scharfem Entdeckerblick bleibst du auf dem richtigen Weg.

Finde die richtige Antwort – entdecke den Bildausschnitt – öffne die Seite dahinter!
Nur so wirst du dem Raben auf die Spur kommen …

 Noch ein Beispiel

DAS HIER IST …

① Ein Reiseführer

② Ein Telefonbuch

③ Ein Escape-Thriller

① ② ③

Prolog

18. April 1998

Verdammter Mist! Ich bin so durcheinander, dass ich nicht mehr geradeaus denken kann. Wie soll ich bloß auf so ein Angebot reagieren? Er könnte immerhin mein Vater sein. Wenn ich Ja sage, bekomme ich vielleicht Probleme, aber wenn ich Nein sage, könnte das auch Konsequenzen für mich haben. Er könnte mich schlecht bewerten und dann wäre es vorbei mit den Meisterschaften.

Dabei sind sie doch das Einzige, in dem ich gut bin. Sonst bekomme ich nicht besonders viel auf die Reihe. Das mit den Liebessachen scheint auf jeden Fall nicht meine Stärke zu sein. Ich bin einfach zu ängstlich. Sonst würde ich vielleicht einfach mal zu meinen Gefühlen stehen und gucken, was passiert!

Ich bin froh, dass es zumindest eine Person gibt, mit der ich über all das reden kann.

Die Sache mit meiner Mutter wird auch immer schlimmer. Manchmal habe ich das Gefühl, dass sie gar nicht mehr wirklich da ist, sondern nur noch eine Hülle, in die ein böser Kobold geschlüpft ist und sie wie eine Marionette tanzen lässt. Gestern Nacht hatte ich das erste Mal richtig Angst vor ihr.

Sie kann ich jedenfalls nicht um Rat fragen, wenn es um etwas Wichtiges geht. Ich weiß einfach nicht weiter.

Gerade habe ich das Gefühl, dass mein komplettes Leben auf der Kippe steht, jede Entscheidung, die ich treffe, wird meine Zukunft für immer verändern ...

Bereit …? Dann hier auftrennen!

✦ 1. Kapitel ✦

Nichts hatte sich verändert und doch war alles ganz anders.

Lissa konnte kaum glauben, dass sie diesen Raum das letzte Mal vor 20 Jahren betreten hatte.

Auch wenn die Fliesen am Boden erneuert worden und die Plakate an den Wänden andere waren, verursachte die Eingangshalle bei ihr immer noch eine Mischung aus Unsicherheit, Anspannung und Erwartung. So hatte sie sich auch gefühlt, als sie damals mit 17 Jahren das Humboldt-Gymnasium das erste Mal betreten hatte. Es war nicht einfach für Lissa gewesen, sich zwischen den ganzen eingeschworenen Gruppen, Freund- und Feindschaften ihren Platz zu suchen. Als Nachzügler hatte sie nur die letzte Klasse der Oberstufe hier besucht, was ihrem Vater und seinem Job als Diplomaten geschuldet war, der die Familie zu häufigen Umzügen gezwungen hatte. Schließlich hatte sie sich ein bisschen mit Steffi angefreundet und damit sogar Einzug in die Clique rund um Jahrgangsstufen-Schwarm Tinie gehalten, was ihr so manchen bewundernden, aber auch neidischen Blick eingebracht hatte.

Als sie vor ein paar Wochen die Einladung zu einem Jahrgangsstufen-Treffen im Briefkasten gefunden hatte, waren Vorfreude und Neugier in ihr aufgestiegen, sie hatte von den meisten ihrer ehemaligen Mitschüler seit dem Abitur nichts mehr gehört und fragte sich, was aus den verschiedenen Typen geworden war. Sie selbst hatte sich in den letzten Jahren zwar ein paar Falten zugelegt, aber ansonsten trug sie immer noch den gleichen dunkelblonden, praktischen Pferdeschwanz, war nicht zum Fettkloß mutiert und auch für ihren Job als Biologie-Lehrerin würde sie sich nicht schämen müssen. Ihr einziger schwarzer Fleck würde ihr deprimierendes Liebesleben sein, aber das musste sie ja nicht gleich jedem auf die Nase binden.

Während Lissa zusah, wie der Eingangsbereich der Schule sich langsam mit weiteren Ehemaligen füllte, blickte sie kurz auf ihren schmucklosen Ringfinger und steckte die Hände dann in ihre hinteren Jeanstaschen. „Da bist du ja!", rief in diesem Moment eine Stimme hinter ihr, und als Lissa sich umdrehte, erkannte sie sofort Steffis pechschwarze halblange Haare und ihr hübsches und nettes Lächeln. Ihr Gesicht war zwar ein bisschen weicher und runder geworden, doch das machte sie in Lissas Augen nur noch sympathischer. Sie umarmten sich. „Mensch, ich bin froh, dass du es geschafft hast", murmelte sie in Steffis Ohr. „Ich hatte schon Angst, ich müsste mich den ganzen Abend mit Julian unterhalten."

Als ob er sie gehört hätte, trat in diesem Moment ein großer, blonder Mann mit Hemd, Kaschmirpullover und einem Zahnpastawerbungs-Lächeln zu ihnen. „Die Damen! Hübsch, wie eh und je", sagte er mit einem charmanten Grinsen und deutete eine Verbeugung in Richtung der beiden Frauen an. „Du hast dich gar nicht verändert", sagte er und sah anerkennend zu Lissa hinüber. „Du dich auch nicht, Julian!", lachte Steffi. „Immer noch derselbe alte Charmeur wie früher. Was macht die Karriere? Wie läuft es in der Politik? Und wie geht's Frau und Kindern?" „Na, du weißt aber gut Bescheid", antwortete er, sichtlich geschmeichelt davon, so im Mittelpunkt zu stehen. „Wenn du jeden Tag auf Facebook und Instagram postest, ist das nicht gerade schwer", sagte sie und blickte verschwörerisch zu Lissa hinüber. Doch die hatte in diesem Moment etwas entdeckt.

„Schaut mal", sagte sie und zeigte auf ein Stück der seitlichen Betonwand, in das etwas eingeritzt war.

WAS STEHT DA?

① **Name einer berühmten Band**
② **Zitat aus einem französischen Roman**
③ **Lateinisches Sprichwort**

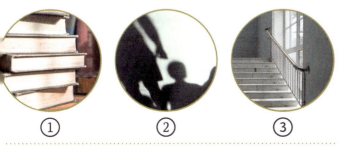

① ② ③

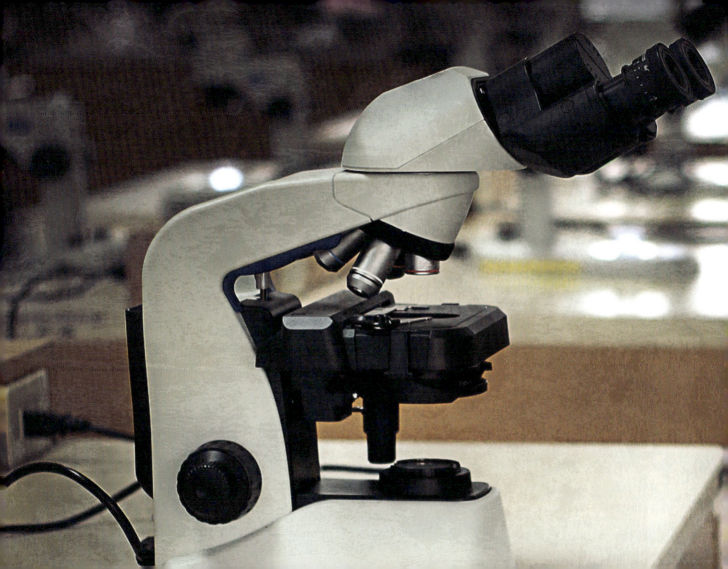

Sie lief in den Biologiesaal. „Erinnert ihr euch noch an Oskar?", rief Lissa nach hinten. „Herr Huber hat uns immer gerne nach vorne kommen und uns dann die Namen sämtlicher Knochen an ihm aufzählen lassen." Sie trat an das Skelett heran, das Lissa mit seinen nackten Zähnen anzugrinsen schien. „Graue Substanz heißt doch der eine Teil der Nervenmasse in Rückenmark und Gehirn, und Letzteres befindet sich normalerweise im Kopf." Sie nahm die obere Hälfte des Schädelknochens ab. Als sie hineingriff, ertastete sie tatsächlich etwas, eine kleine, glatte Plastikdose.

Der Behälter war durchsichtig und enthielt mehrere weiße Pillen ohne Aufschrift. „Was sollen wir denn damit anfangen?", fragte Maik, der Lissa mit den anderen beiden Männern gefolgt war.

„Noch habe ich keine Ahnung. Aber ich bin mir ziemlich sicher, dass der Schlüssel zu all dem in eurer Vergangenheit liegt. Und ich will jetzt endlich die ganze Geschichte hören." Lissa setzte sich mit verschränkten Armen auf das Lehrerpult und sah ihre drei ehemaligen Schulfreunde abwartend an.

Einen Moment herrschte Stille. „Du hast ja recht", lenkte Leon ein. „Paula hat immer für ziemlich viel Wirbel gesorgt, sie hatte ihren eigenen Kopf. Wahrscheinlich weil sie schon so früh erwachsen werden musste. Ihre Mutter war krank, sie litt unter schizophrenen Schüben. Sie war immer mal wieder in der psychiatrischen Klinik deswegen. Vor vier Wochen hat man sie endgültig für nicht mehr zurechnungsfähig erklärt. Ich weiß das, weil die Klinik mir einige alte Sachen von Paula zugeschickt hat, die sie in ihrem Haus gefunden hatten, als es jetzt zwangsgeräumt wurde. Paulas Mutter hatte mich anscheinend als Kontakt dafür angegeben. Tja, und Paulas Vater hatte sich schon vor ihrer Geburt aus dem Staub gemacht. Sie war also ganz alleine für ihre Mutter verantwortlich. Das war wirklich hart für Paula, und deswegen

ist sie manchmal eben auch ein bisschen ausgeflippt. Sie hat aber nie wirklich schlimmen Ärger bekommen, bis zu der Geschichte mit Herrn Schiefer."

Leon machte eine kurze Pause und Julian übernahm das Wort. „Michael Schiefer war unser Mathelehrer, jung, hoch motiviert und der Schwarm aller Mädchen. Er hat Paulas scharfen Verstand hinter all ihren Abwehrmechanismen erkannt und sie gefördert. Sie sind gemeinsam zu verschiedenen Meisterschaften im Gedächtnissport gefahren, Paula war darin echt super. Tja, und dann ist das passiert, was nicht hätte passieren dürfen …"

„Was denn?", fragte Lissa, obwohl sie schon eine Ahnung hatte, was jetzt kommen würde. „Sie haben sich ineinander verliebt. Eine Affäre zwischen Lehrer und Schülerin, das war ein echter Skandal. Als es rauskam, wurde Herr Schiefer sofort von der Schule verwiesen. Ich weiß nicht, ob er überhaupt als Lehrer weiterarbeiten durfte. Paula wurde für drei Wochen vom Unterricht ausgeschlossen. Noch bevor diese Zeit vorbei war, hat Leon sie leblos in ihrem Zimmer gefunden. Sie hatte Pillen eingeworfen, die zum Atemstillstand geführt haben."

Lissa spürte ein tiefes Mitgefühl für dieses Mädchen, das sie gar nicht gekannt hatte. Paula musste damals verzweifelt gewesen sein. „Aber wieso solltet ihr schuld an ihrem Tod sein?", fragte sie und bekam die Antwort überraschenderweise von Maik: „Weil niemand für sie da war in dieser Zeit, wir haben sie alle fallen lassen wie eine heiße Kartoffel."

Noch bevor Lissa weiter nachhaken konnte, stürmten Steffi und Tinie in den Biologiesaal.

„Schaut mal, was wir gefunden haben!", rief Tinie, die die drückende Stimmung gar nicht zu bemerken schien.

„Eine Metallbox mit einem elektrischen Schloss daran. Anscheinend muss man einen dreistelligen digitalen Code eingeben, um die Kassette zu öffnen."

„Und das Beste haben wir euch noch gar nicht gezeigt. Auf der Unterseite der Box ist eine Nachricht eingraviert: **Drei Zahlen in aufsteigender Folge, doch alle gehorchen demselben Gesetz: Zahl = Anzahl,** ergänzte Steffi und drehte die Metallschatulle um, damit alle die Inschrift lesen konnten.

WELCHEN CODE MÜSSEN SIE AUF DEM TOUCH-PAD EINGEBEN?

① 456
② 136
③ 789

① ② ③

5. Kapitel

„Das muss ja ein echter Legastheniker geschrieben haben", wunderte sich Leon. „Aber es scheint eindeutig eine Nachricht zu sein, eine Nachricht von Paula." „Wie kommst du darauf?", fragte Lissa ihn, nicht sicher, ob sie die Antwort wissen wollte.

„Weil sie von Rätseln spricht", kam Tinie ihm zuvor. „Paula hat die Dinger geliebt, sie war sogar zweimal auf so einer Weltmeisterschaft von diesen Gehirnakrobaten. Ich habe da immer Knoten im Kopf bekommen. Und ganz ehrlich – ich habe absolut keine Ahnung, was diese Botschaft uns sagen soll." Auch die anderen starrten verwirrt auf die weißen Buchstaben auf grünem Grund.

„Aufenthaltsraum", sagte Maik von seinem Platz in der Ecke. Lissa hatte ganz vergessen, dass er auch im Klassenzimmer geblieben war. Alle drehten sich zu ihm um. „Was?", fragte er mit vor dem Oberkörper verschränkten Armen, und als er nur fragende Blicke erntete, fügte er hinzu: „Ich habe einfach nur die fehlenden Buchstaben nacheinandergesetzt, und rückwärts gelesen kommt dann das Wort ‚Aufenthaltsraum' raus."

„Der Aufenthaltsraum unten im Keller! Wisst ihr noch, da haben wir in der Mittagspause heimlich Zigaretten geraucht", erinnerte sich Lissa. „Und jede Menge anderer verbotener Sachen gemacht …" Leon zwinkerte ihr zu.

„Und jetzt", fragte Steffi, „ sollen wir da wirklich runter?" Ihre Augen blickten unsicher von einem zum anderen, um schließlich bei Tinie hängen zu bleiben. „Na klar!", rief die. „Ehrlich gesagt finde ich, dass wir das Paula schuldig sind. Wenn jemand ihren Namen oder besser gesagt ihren Raben benutzt, um uns einen Streich zu spielen, sollten wir denjenigen finden und ihn zur Rede stellen." Lissa konnte nicht anders, als Tinies Mut zu bewundern. Sie strahlte mit jeder Faser Tatkraft und Entschlossenheit aus. Eine Eigenschaft, um die Lissa si schon immer beneidet hatte und die sie mittlerweile in die Führungsposition der Presseabteilung eines Weltkonzerns befördert hatte.

„Ich bin bei dir", stimmte Leon zu. „Am besten warten wir, bis Dr. I und alle anderen weiter zum Lehrerzimmer gegangen sind, dan schleichen wir uns runter in den Keller." Zustimmendes Nicken, nu Lissa war nicht einverstanden, der enge Keller der Schule hatte bei ih schon immer für ein klaustrophobisches Gefühl gesorgt. „Lasst un doch Dr. Dingert und den anderen Bescheid sagen, dann können wi alle zusammen in den Aufenthaltsraum und schauen, wer oder wa sich da unten versteckt."

„Besser, wir gehen erst mal alleine", sagte Tinie und hatte sich berei auf den Weg zur Tür gemacht, um Ausschau zu halten, ob ihr Vate und die anderen schon im Treppenhaus verschwunden waren. Hilf suchend sah Lissa sich zu Steffi um, doch die war Tinie schon gefolg genau wie Maik, Leon und Julian. Lissa seufzte innerlich, bevor auc sie sich auf den Weg zu ihrem alten Treffpunkt machte.

Als sie im Keller angekommen waren, erwartete sie abgestanden Luft und ein langer, dunkler Gang, von dem verschiedene Türen ab gingen. Die zweite auf der rechten Seite führte sie zu dem alten Au enthaltsraum, der offensichtlich aktuell nicht mehr benutzt wurde Eine verschlissene Couch stand neben mehreren aufgetürmten alte Pulten. Die Freunde machten sich daran, den Raum zu durchsuche doch das Einzige, was sie fanden, war die Pappschachtel eines alte Brettspiels.

„Ein Ouija-Board", erkannte Maik, „damit kann man mit den Tote sprechen." Er packte das Brett mit den Buchstaben darauf aus un legte es auf den alten, fleckigen Teppichboden.

„Ich glaube, da will uns schon wieder jemand etwas mitteilen …", murmelte er, während die anderen auf ihn und das Hexenbrett herabsahen.

WAS VERRÄT IHNEN DAS BOARD?

---

① **Einen Ort**

② **Einen Namen**

③ **Ein Urteil**

① ② ③

8. Kapitel

Lissa ging auf das Bücherregal zu. Darin unzählige Schulbücher, Atlanten, Übungshefte und alle anderen Werke, die Schülern einmal eine große Hilfe gewesen waren und die nun vor sich hin staubten.

Ihr Zeigefinger glitt über die Buchrücken, bis sie ein altes Wörterbuch gefunden hatte. „Hier steht das Ende vor dem Start, denn E kommt im Alphabet vor S", erklärte sie Julian, der ihr neugierig gefolgt war. „Keine Sorge, ich bin nicht schlauer als du, ich kannte so ein ähnliches Rätsel bereits", tröstete sie ihn.

Sie nahm das Buch heraus, es war ein Lexikon, wie es zu Zeiten von Google und Co. niemand mehr in die Hand nahm. Die Seiten rochen ein wenig muffig, so als ob das Papier irgendwann einmal nass geworden wäre. Hinter Lissa kicherten Paula und Tinie wieder in dem alten Schulbus, den man im Licht der Leuchtstoffröhren kaum noch erkennen konnte, und Steffi sagte: „Kann das bitte mal jemand ausmachen?"

Maik warf einen prüfenden Blick auf den Videorekorder und drückte dann eine Taste. Das Kichern verstummte.

Lissa hatte das Buch mittlerweile einmal komplett durchgeblättert, aber nichts Interessantes gefunden. „Lass mich mal!", meldete sich Tinie und nahm Lissa das Lexikon aus der Hand. Sie schüttelte es, untersuchte den Umschlag und riss schließlich sogar einzelne Seiten heraus, doch auch diese Folter brachte das Buch nicht zum Reden. Natürlich versuchten auch noch Leon und Julian ihr Glück, erfolglos. Ratlos sahen sie sich an.

„Vielleicht bist du doch nicht so schlau, wie du dachtest", witzelte Leon, weniger, um Lissa zu ärgern, als vielmehr, um überhaupt irgendetwas sagen zu können. „Ich schlage vor, wir warten einfach, irgendwann wird schon jemand auffallen, dass wir alle nicht beim großen

Bankett dabei sind. Und schneller, als wir denken, sperrt uns Dr. D hie persönlich auf." Leon lachte. „Na ja, der denkt bestimmt, wir mache uns hier in der Clique einen lauschigen Extra-Abend", sagte Tinie.

„Kommt überhaupt nicht infrage", widersprach Julian. „Wir teile uns jetzt auf. Steffi, Lissa und Maik suchen noch mal die beiden Räu und den Kellergang ab, und Tinie, Leon und ich versuchen, da Schloss an der Tür zum Treppenhaus zu knacken."

„Wer hat dich denn bitte zum großen Boss erklärt?", fragte Mai „Wir sind keine achtzehn mehr und du nicht mehr der Schulspreche der das Sagen hat." Lissa drehte sich überrascht zu Maik um. Sose sein Kleidungsstil der gleiche geblieben war, sosehr hatte sich sein Au treten verändert. Zu ihren Schulzeiten war Maik wegen seiner Interes sen und seiner Körperfülle immer mal wieder zum Ziel des Spotts ge worden. Auch wenn er kein absoluter Außenseiter gewesen war, so wa er Lissa doch eher wie ein braves Haustier vorgekommen, das sic dankbar nach jedem Knochen streckte, den die beliebten Schüler ihr hinwarfen. Sie fragte sich, was wohl in seinem Leben passiert war, das er Julian plötzlich so die Stirn bot.

„Du hast recht, ich bin nicht mehr Schulsprecher, aber ich weiß, wi man sich in Extremsituationen verhalten sollte. Ich will doch nich über euch bestimmen, das war nur ein Vorschlag, um unsere Chance zu maximieren", gab Julian entschuldigend zurück und nahm Mai damit völlig den Wind aus den Segeln. Seine plötzliche Entschlossen heit schien ins Wanken zu geraten. Da rief Leon plötzlich: „Ich glaube wir haben ins falsche Buch geschaut …"

In der Hand hielt er einen weiteren Band, den er aus einer de untersten Regalreihen gefischt hatte.

„Duden" stand auf dem Rücken und bereits beim ersten Aufblättern zeigte sich auf der Innenseite des Umschlags eine seltsame Skizze.

WO SOLLEN SIE WEITERSUCHEN?

① **Am Waschbecken**
② **An der Decke**
③ **Im Gang**

18. Kapitel

„Das sind drei Buchstaben, deren eigenes Spiegelbild jeweils noch mal an sie vorangestellt wurde. Ein großes D, kleines r und noch mal ein großes D. Ergibt für mich eindeutig Dr. D", schlussfolgerte Lissa. „Aber was hat unser alter Direktor mit der ganzen Sache zu tun?" Als sie von dem Zettel hochsah, bemerkte sie, wie die anderen stumme Blicke tauschten. Sie wurde wütend. „Das ist kein Spaß! Steffi schwebt vielleicht in Lebensgefahr! Und falls ihr es noch nicht bemerkt habt: In zehn Minuten wird es einen großen Knall geben und danach kann man uns zusammen mit dem restlichen Schutt der Turnhalle entsorgen! Ich habe wirklich keine Lust mehr auf eure Geheimniskrämerei!" Lissa war selbst über ihren Ausbruch überrascht, doch er schien seine Wirkung nicht zu verfehlen.

„Okay", sagte Julian und die anderen nickten zustimmend. „Die Affäre mit Herrn Schiefer war nicht der wahre Grund, warum Paula sich von uns im Stich gelassen fühlte. Es ist früher schon etwas passiert. Sie hatte uns eine Woche vorher zu unserem alten Treffpunkt im Aufenthaltsraum im Keller gerufen, um uns etwas zu erzählen. Wir dachten alle, sie hätte sich wieder irgendwelchen Ärger eingehandelt oder bräuchte ein Alibi für eine geschwänzte Klassenarbeit. Aber sie eröffnete uns, dass Direktor Dingert ihr ein äußerst unmoralisches Angebot gemacht hätte. Sie sollte mit ihm essen gehen, nicht in der Mittagspause, sondern abends in einem schicken Restaurant. Er habe ihr dafür versprochen, dass das letzte Schuljahr für sie sehr leicht werden würde." Tinie schnaubte verächtlich, aber Julian fuhr fort. „Wir haben gelacht, dachten erst, es wäre ein Scherz. Ich meine, jeder wusste, dass Dr. D ein alter Schwerenöter war. Aber ihr war es ernst. Sie fühlte sich nicht verstanden von uns, meinte, es ginge um sexuelle Nötigung. Da ist Tinie natürlich ausgeflippt. Ihr Vater sei zwar ein unangenehmer Zeitgenosse, aber kein Triebtäter. Paula wollte Dingert anzeigen. Das Ganze an die große Glocke hängen und forderte unsere Unterstützung dabei. Schließlich wüssten wir alle, dass der Direktor

sich schon häufiger an Schülerinnen herangemacht war. Tinie sagte, dass Paula sich nur wichtig machen wolle und ihren Vater dazu benutzte, um ihre gefährdete Versetzung zu sichern. Mit so einer Anschuldigung würde sie nicht nur das Leben des Direktors, sondern auch ihres zerstören. Wir mussten uns damals entscheiden. Einer für alle und alle für einen."

Es war Maik, der weitersprach: „Als dann nur eine knappe Woche später die Sache mit Herrn Schiefer herauskam, wurde der Bruch noch größer. Sie hatte eine Affäre mit einem Lehrer gehabt und hatte das die ganze Zeit vor uns geheim gehalten! Wir dachten, die Sache mit Dr. D wäre vielleicht nur ein Ablenkungsmanöver gewesen."

Lissa brauchte erst einen Moment, bis sie die ganzen Informationen verdaut hatte. Sie konnte gut nachvollziehen, wie es sich anfühlte, nicht von der Gruppe akzeptiert zu werden. Ihre Freunde hatten damals einen Fehler gemacht. Sie hatten Paula keinen Glauben geschenkt und sie mit ihren Problemen allein gelassen. Aber wer empfand dieses Vergehen als so schwer, dass er es mit dem Tod sühnen wollte? „Einer für alle. Das stand auch auf dem Spiegel im Waschraum", sagte sie, „Damals waren alle für einen, deswegen soll diesmal einer für alle sterben." Sie sah zu Tinie hinüber, die angefangen hatte, nervös an ihren Nägeln zu knabbern. Tinie spürte den Blick, der offensichtlich der Tropfen gewesen war, der das Fass nun zum Überlaufen brachte. „Was? Ihr denkt jetzt wohl alle, ich soll diese eine sein, oder? Nur weil es mein Vater war, um den es ging! Wir haben damals abgestimmt und uns alle gemeinsam dazu entschlossen, dass Paula die Sache auf sich beruhen lassen sollte. Mir fällt da jemand ganz anderes ein, der an Paulas Tod beteiligt war." Sie blickte zu Julian, der augenblicklich zu erstarren schien.

Doch Tinie ließ sich nicht beirren. „Und wenn du willst, kann ich dir gerne auch mal ein Rätsel stellen …", sagte sie und schaute Julian herausfordernd an: „Was bin ich? Ich kann gut oder schlecht sein. Ich kann quälen, beruhigen oder entscheiden. Und man sollte mir immer folgen."

WIE VIELE BUCHSTABEN HAT DAS WORT, DAS TINIES RÄTSEL UMSCHREIBT?

① 8
② 5
③ 7

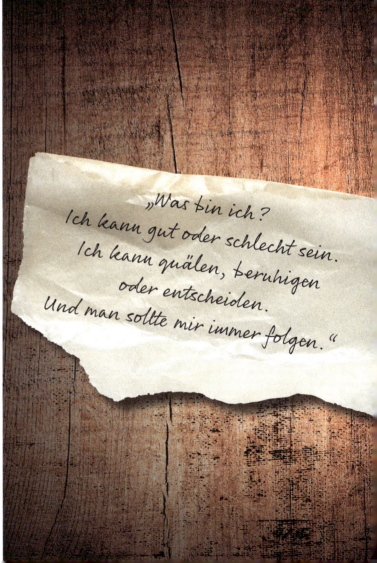

❧ 12. Kapitel ❧

Lissa stand mit Leon vor der Tafel und grübelte. Dabei kaute sie gedankenverloren auf ihrem Daumen herum, wie sie es schon bei unzähligen Prüfungen zuvor getan hatte. Leon sah sie von der Seite an.

„War nicht gerade einfach für dich damals, oder?", fragte er. Sie zuckte mit den Schultern. „War schon okay", sagte sie dann. „Ihr hattet gemeinsam diesen Verlust erlebt, das schweißt zusammen. Ich war froh, dass ihr mich trotzdem akzeptiert habt." Leon nickte nachdenklich.

„Weißt du, dass ich sie gefunden habe?", fragte er. Lissa sah ihn an, eine Traurigkeit schien aus seinem tiefsten Inneren aufzutauchen, die er sonst mit einem tonnenschweren Bleigewicht versenkt hatte. „Die ganzen Ferien über habe ich mich in meinem Zimmer eingesperrt. Habe mit niemandem gesprochen. Als die Schule wieder anfing, habe ich weitergemacht, als ob Paula nie existiert hätte. Es war für mich die einzige Möglichkeit zu überleben." Er strich sich durch die schwarzen Haare.

Lissa wusste nicht, was sie darauf sagen sollte. Sie wollte ihm gerne die Schuld nehmen, die er verspürte, doch die Worte steckten in ihrem Herz fest und wollten nicht herauskommen. Leon erschien ihr plötzlich so zerbrechlich, er, der immer einen lustigen Spruch auf den Lippen hatte und der in jeder Situation gelassen blieb. Er, der ihr so oft ein Lächeln ins Gesicht gezaubert hatte, wenn der Schulstress sie zu verschlingen drohte. Zögernd ergriff sie seine Hand. Er zuckte, als ob er sich verbrannt hätte, und als er Lissas verunsicherten Blick sah, murmelte er: „Lissa, du bist wirklich eine sehr attraktive Frau, aber …" „Schon gut", unterbrach sie ihn, bevor er noch eine der üblichen Abfuhrplattitüden auspacken konnte. „Nein, es ist nicht, wie du denkst, ich steh einfach nur nicht auf Frauen." „Was?" Lissa musste grinsen. „Und damit rückst du erst jetzt raus?" „Na ja, so richtig geoutet habe ich mich erst während des Studiums, vorher war das alles eine … sagen

wir Phase der Orientierung." Sein freches Lächeln von früher blitzte kurz auf, nur um im nächsten Moment wieder weggewischt zu werden.

„Es war kein Unfall", sagte Leon knapp, aber bestimmt. „Paula wollte nicht mehr leben."

Er entzog sich ihrem Griff und sagte dann völlig unvermittelt: „Grau, das passt nicht zu den anderen Wörtern. Die gehören jeweils zur Bezeichnung eines Meeres. In Erdkunde die einzige logische Lösung."

Lissa brauchte einen Moment, bevor sie verstand, dass er sich auf das Rätsel an der Tafel bezog.

„Aber was sollen wir damit jetzt anfangen? In diesem Betonbunker ist so ziemlich alles grau …", meinte sie.

„Lass uns mal rüber zu Julian und Maik schauen", sagte Leon. „Ich hoffe, Julian hat seinen Testosteron-Ausbruch nicht an unserem Nerd ausgelassen." Sie durchquerten eine Sammlung mit Karten, Globen und Modellen des Sonnensystems, bevor sie die Tür zum Chemiesaal öffneten. Sie fanden einen fröhlichen Julian und einen genervten Maik vor.

„Und was habt ihr hier so getrieben?", fragte Lissa die beiden Männer.

„Wir haben Rätsel gelöst, ist doch klar", sagte Julian. „Schaut euch doch mal diesen Stapel mit Notizen mitten auf dem Lehrerpult an … Was meint ihr, was soll der uns sagen?"

Lissa trat nach vorne. Auf dem Tisch lagen mehrere Zettel. Der oberste zeigte eine Reihe mit Zahlen, wobei manchmal die erste, manchmal die zweite Zahl unterstrichen war. Sie sah Julian fragend an.

WAS BESCHREIBT DIE BOTSCHAFT AUF DEN ZETTELN?

① **Grammatikalischen Fachbegriff**

② **Nährboden für Mikroorganismen**

③ **Den Kern einer Sache**

2. Kapitel

Die Wand war im Laufe der Jahre offensichtlich häufiger gestrichen worden, doch die tief eingeritzten Buchstaben konnte man immer noch einigermaßen erkennen. „Alle für einen", las Steffi, „das Motto unserer alten Clique aus dem Roman von Dumas, den wir in der Zehnten gelesen haben. Ich kann mich noch gut erinnern, als wir das in der Nacht vor der Zeugnisübergabe hier eingeritzt haben. Meinen Zirkel habe ich danach entsorgen können. Oh, da ist ja unser Doktor D!"

Die Eingangshalle war nun beinahe voll und ein leichtes Raunen ging durch die Menge. Der grauhaarige Schuldirektor Dr. Theobald Dingert hatte den Eingangsbereich betreten. In seinem Arm eingehakt wie ein besonders schönes Schmuckstück seine strahlende Tochter Christine, bekannt als Tinie. Sie hatte ihre blonden Haare zu einer stylischen Hochsteckfrisur zusammengefasst, die aussah, als ob sie völlig mühelos in wenigen Sekunden gezaubert worden wäre, und bei der doch jedes Haar am genau richtigen Fleck lag. Perfekt wie immer, dachte Lissa, die sich noch gut erinnern konnte, wie Tinie zu ihren Abizeiten das Vorbild für die halbe Jahrgangsstufe gewesen war, wenn es um Mode und Style ging.

Der Direktor ließ seine Tochter los und begann, Hände zu schütteln, Schultern zu klopfen und Wangenküsse zu verteilen. Er hatte schon immer eine Vorliebe für große Auftritte und schöne Frauen gehabt. Nicht umsonst hatte es das Gerücht gegeben, dass hübsche Schülerinnen öfter von einem Verweis oder einer anderen Bestrafung verschont geblieben waren.

„Hallo, ihr Lieben!", flötete Tinie, die in der Zwischenzeit bei ihnen angekommen war. „Hey", antwortete Lissa, während Steffi sich von ihr abwandte, um ihre frühere beste Freundin mit einer überschwänglichen Umarmung zu begrüßen.

„Ist Leon auch schon da?", wollte Tinie wissen und sah sich suchend um. „Der ist bestimmt wieder zu spät, ich morse ihn mal an", antwortete Julian und zog sein Handy aus der Hosentasche.

„Ach Mist, hatte ich schon ganz vergessen …" Julian blickte kurz auf sein Display. „Dr. D hat ja was gegen Telefonieren und Surfen an seiner Schule." Lissa hatte keine Ahnung, wovon Julian sprach. „Hast du das nicht mitbekommen? Er hat vor zwei Jahren einen sogenannten Jammer, einen Störsender, im Humboldt-Gymnasium einbauen lassen. Dafür hat er sogar eine Sondergenehmigung der Stadt beantragt. Nur so sei es seinen Schülern möglich, dem Unterricht ungestört zu folgen. Tja, was dein Vater will, bekommt er auch", fügte er an Tinie gerichtet hinzu.

Die winkte nur ab: „Hauptsache, Leon kommt noch rechtzeitig für das große Fressen im Gasthof Schosser. Die Führung durch die Schule kann er sich schenken, so wahnsinnig viel hat sich nicht verändert, aber mein Vater mag es eben einfach, sein Reich zu präsentieren." Sie seufzte und sah kurz zu Dr. Dingert hinüber, der trotz seiner 62 Jahre nichts von seiner Autorität eingebüßt hatte und der inzwischen von seiner ewigen Sekretärin Frau Haberthaler in Richtung Podest geführt wurde.

„Schade, dass Paula nicht dabei ist", murmelte Steffi, schien ihre Bemerkung aber nach einem kurzen Seitenblick zu Tinie sofort zu bereuen. Lissa fühlte, wie sich der alte Ärger in ihr breitmachte. Steffi schien seit der Ankunft von Tinie ein Stück geschrumpft zu sein. Lissa hatte schon damals nicht verstehen können, warum sich das intelligente Mädchen so hinter dem hellen Schein seiner hübschen Freundin versteckt hatte. Sie hatte das aber nie zur Sprache gebracht, sie war froh gewesen, in der Gruppe akzeptiert zu werden, und wollte Tinie nicht gegen sich aufbringen.

Da entdeckte Lissa neben sich ein weiteres vertrautes Gesicht oder besser gesagt einen Pullover. Konnte es wirklich sein, dass Maik den gleichen schwarzen Sweater trug, den er damals schon besessen hatte? Es war zumindest durchaus vorstellbar, denn der fast 100 Kilo schwere Maik war schon früher sehr speziell in seiner Kleiderwahl gewesen. Auf jedem seiner XXL-Oberteile hatte ein cooler Aufdruck von „Star Wars", Comic-Helden oder anderen Idolen geprangt. Ein echter Nerd eben. „Hey Lissa!", begrüßte er sie. „Der alte Maik", schaltete Julian sich ein. „Oder wie hast du dich in der Zehnten noch mal genannt?" Er tat so, als ob er nachdenken würde, während Maik ihn mit einem finsteren Blick bedachte.

DIE LÖSUNG ERGIBT SICH, WENN DU FOLGENDE REGEL BERÜCKSICHTIGST:

Straftat + Wohnort + Schlag + Mann = Sohn

Titel + Ahnen + Drei

Meister + Fall + Fach + Docht + Habgier + Fallen + Radwege

WELCHEN SPITZNAMEN HATTE MAIK IN DER SCHULE?

① **The Machine**

② **Meister Maik**

③ **The ultimate Maik**

① ② ③

15. Kapitel

„Und da seid ihr selbst nicht draufgekommen?", fragte Maik und gab kurzerhand den Code 456 ein. Das Kästchen surrte einmal kurz, dann sprang das Schloss auf. „Das Gesetz, dem die drei Ziffern folgen, ist Zahl = Anzahl, das heißt, alle drei Zahlen haben als digitale Ziffern genauso viele Striche, wie ihr Zahlenwert ist."

„Das ist eben ein echtes Nerd-Rätsel", rechtfertigte sich Tinie und nahm mit ihren manikürten Fingern einen großen Metallschlüssel aus der Box, an dem ein gelber Schlüsselanhänger aus Plastik mit der Aufschrift „Turnhalle" hing.

„Na also!", rief Julian, „jetzt geht es endlich mal weiter. Ich habe wirklich keine Lust mehr auf stinkende Chemikalien und alte Knochen." Unter seiner Führung machte sich die Gruppe auf den Weg nach unten. Lissa steckte das Döschen mit den Pillen darin ein und folgte den anderen. Unterwegs berichtete Leon Steffi und Tinie von seinem Unfall in der Chemiesammlung, und Steffis Gesicht wurde noch eine Spur bleicher, als es seit dem Beginn ihrer Gefangenschaft ohnehin schon war.

Der große Schlüssel öffnete die Verbindungstür von der Aula zu dem Flur, der unterirdisch zur Turnhalle führte.

Als sie die große, dunkle Halle betraten, erwartete sie der vertraute Geruch von Gummi und altem Leder, den jede Turnhalle verströmt. Steffi schaltete mit zittriger Hand das Licht ein und die großen Neonröhren erwachten flackernd zum Leben. Lissa trat neben ihre Freundin, um sie ein bisschen zu beruhigen. „Maik meint, dass eure Schuld darin besteht, dass ihr Paula nach der Geschichte mit Herrn Schiefer nicht genug unterstützt habt. Das war vielleicht nicht toll, aber bestimmt nicht so schlimm, dass du dir Vorwürfe machen musst. Ihr wart siebzehn, da ist es nicht immer einfach zu erkennen, wann man das Richtige tut."

„Ach Maik, was weiß der schon!", wehrte Steffi ab und sah auf den grauen Linoleumboden. „Er war schließlich gar nicht richtig Te[il] unserer Clique. Er mochte Paula, er hat schon seit der Zehnten für si[e] geschwärmt. Sie war seine große Liebe, auch wenn Paula davon nicht[s] wissen wollte." Der Schatten eines Lächelns huschte über ihr Gesich[t]. „Kommt mal her!", rief Julian. „Wir brauchen einen Schlachtplan. Alle versammelten sich unter dem Basketballkorb. „Die Halle ist z[u] groß, wir müssen uns aufteilen. Ich schlage vor, zwei von uns schaue[n] sich die Umkleiden an, ich untersuche den Abstellbereich mit de[n] Turngeräten, dann sollte sich auch noch jemand das Büro der Spor[t]lehrer und den Technikraum des Hausmeisters angucken."

Lissa kamen sofort sämtliche Horrorfilme in den Sinn, in denen sic[h] die Gruppe aufteilte. Sie wollte nicht alleine in die Arme eines Irre[n] laufen, doch Julians natürliche Autorität setzte sich wie schon so o[ft] durch und versetzte die anderen widerspruchslos in Bewegung. Schne[ll] heftete sich Lissa an Leons Fersen, der in Richtung Toilettentrak[t] unterwegs war. Sie passierten eine große Glastür und gingen dann ei[n] paar Stufen hinunter, die sie zu den Mädchenduschen führten, die, wi[e] Lissa feststellte, seit ihrem Abschluss nicht renoviert worden waren. E[s] dauerte eine ganze Weile, bis sie bei den anschließenden Waschräume[n] alle Mädchen-Toilettenkabinen inspiziert hatten. Jede Tür war m[it] unzähligen Liebesschwüren, Beschimpfungen oder Weisheiten voll[ge]gekritzelt, die Leon und Lissa gewissenhaft studierten, um keinen Hin[weis] zu übersehen.

In den Jungsklos erwartete sie ein alter Bekannter. „Sieh mal da[,] Paulas Rabe!" Lissa deutete auf eine schwarze Zeichnung, die auf de[m] Spiegel über dem mittleren Waschbecken gekritzelt worden war. „Da[s] muss unser nächster Hinweis sein!"

WELCHE BOTSCHAFT VERSTECKT SICH AUF
DEM SPIEGEL?

① **Ein Hinweis darauf, wer sie eingesperrt hat**
② **Ein Hinweis darauf, wer schuld an Paulas Tod ist**
③ **Ein Hinweis darauf, wie Lissa überleben kann**

7. Kapitel

„Jetzt auch noch Mathe!", stöhnte Leon neben ihr. Aber Lissa ließ sich nicht ablenken und fixierte die Zahlenkombinationen. „Ich glaub, ich hab's!", rief sie aufgeregt und gab bei dem Zahlenschloss 3689 ein. Mit einem leisen Klicken sprang es auf. „Ich habe einfach immer nur die erste Ziffer der Vorgängerzahl genommen und von der folgenden abgezogen, so wird aus 44 minus 4 eben 40, und wenn ich da wieder 4 subtrahiere, 36, dann 36 minus 3 und so weiter." Leon sah sie anerkennend an und bedeutete ihr mit einer Geste, dass sie die Tür öffnen sollte.

Ein schwarzer Raum mit zitterndem Licht empfing sie. Lissa kniff die Augen zusammen und erkannte einige Tisch- und Stuhlreihen, ein vollgestopftes Bücherregal, eine alte Landkarte und in der Ecke des Raums ein angeschlagenes Waschbecken. Enttäuschung machte sich in ihrer Brust breit, denn das Zimmer war genauso verlassen wie der Rest des Kellertrakts. Die Aussicht auf Rettung schmolz wie ein Schneemann in der Frühlingssonne. Die Stimmen, die sie gehört hatte, kamen aus einem großen, alten Fernseher, der milchig helles Licht in den Raum warf.

Der Film zeigte ein junges Mädchen, blonde Haare, an den Seiten abrasiert. Es hielt einen Pappbecher in der Hand und prostete der Kamera oder dem Menschen dahinter zu. Dann Szenenwechsel. Eine Theaterbühne erschien, auf der Schüler in albernen Kostümen etwas aufführten. Das Mädchen, das gerade einen Monolog zitierte, schien das gleiche zu sein wie das auf der Party, allerdings zwei oder drei Jahre jünger, die Haare noch brav zu einem Zopf geflochten. Dann eine Aufnahme in einem Bus, offensichtlich ein Schulausflug. Auch hier dasselbe Mädchen. Es warf einen Plüschteddy über die Sitzreihen, der schließlich am Kopf eines Mitschülers landete. Lissa glaubte Julian zu erkennen, war sich bei den unscharfen Aufnahmen aber nicht ganz sicher. Neben dem Mädchen saß Tinie, unverkennbar ihre blonden gepflegten Locken. Die beiden kicherten. Der Film sprang von einer Szene zur nächsten, als ob jemand durch das Gedächtnis der Hauptdarstellerin hüpfen würde, ohne zu wissen, wo er eigentlich hin wollte.

Als Lissa sich umdrehte, sah sie, dass auch die anderen in den Raum getreten waren und wie hypnotisiert auf die flimmernden Bilder starrten. Keiner sagte auch nur ein Wort, ihre Gesichter wirkten bleich und schemenhaft im bläulichen Licht des Bildschirms. Lissa war sich sicher. Das Mädchen, das sie vom Klassenfoto erkannte, das so lebensfroh lachte, fluchte oder flirtete, war niemand anderes als Paula. Ein Schauer lief ihr über den Rücken. Das Gespenst hatte plötzlich eine Gestalt bekommen.

Und dieses Gespenst sprach nun zu ihr. Der Macher des Films hatte sich Fetzen zusammengesucht, die Paula zwar beim Reden zeigten, die jedoch kaum länger als eine Sekunde zu sehen waren. Er hatte einzelne Wörter hintereinandergestückelt wie ausgeschnittene Buchstaben eines Erpresserbriefs. Das Ergebnis war verstörend. Es klang wie eine kaputte Sprechpuppe. Doch bei genauem Hinhören ließ sich aus den zusammenhanglosen Begriffen ein Satz erkennen: „Hier kommt ... die Geburt ... vor der ... Schwangerschaft ... die Gegenwart ... vor der ... Vergangenheit ... und ... das Ende ... vor ... dem ... Start." Es folgten neue Szenen aus Paulas Schulleben.

Nach einigen Minuten hatte das Video wieder die Stelle mit dem Pappbecher erreicht, danach die Theateraufführung, der Bus. „Eine Endlosschleife", stellte Maik fest und war damit der Erste, der das Schweigen brach. Julian schaltete das Licht in dem Raum ein und die Bilder des Films verblassten wie längst vergessene Erinnerungen. Einen kurzen Moment lang schien jeder in Gedanken an seine eigenen Erlebnisse mit Paula versunken, dann wiederholte Tinie den Satz, der dem toten Mädchen in den Mund gelegt worden war.

„Hier kommt die Geburt vor der Schwangerschaft, die Gegenwart vor der Vergangenheit und das Ende vor dem Start. Was soll das denn schon wieder bedeuten?", fragte sie in die Runde.

„Ich glaube, diese Botschaft sagt uns, wo wir weitersuchen sollen", schlussfolgerte Lissa und machte sich auf den Weg.

WO SUCHT LISSA NACH DEM NÄCHSTEN HINWEIS?

① **Im Waschbecken**

② **Auf der Landkarte**

③ **Im Bücherregal**

10. Kapitel

„Ein L und ein T", sagte Maik schließlich, und da erkannte auch Lissa, dass einige der Fliesen exakt identisch waren, während andere sich in winzigen Kleinigkeiten unterschieden. Die Kacheln mit dem gleichen Muster ergaben die beiden Buchstaben, die Maik nun Julian zurief, der sich schon auf den Weg zur Abschlusstür gemacht hatte. Die anderen stürmten hinterher und innerhalb weniger Sekunden öffnete sich der Eingang zum Treppenhaus und ließ herrlich frische Luft herein.

Die Gruppe machte sich an den Aufstieg nach oben. Steffi war schon fast wieder die Alte, scherzte mit Tinie. Die Angst, die sie eben noch beherrscht hatte, begann langsam zu verschwinden.

Als sie das Erdgeschoss erreichten, stellten sie fest, dass der Direktor und seine Gäste das Gebäude längst verlassen hatten. Die Aula erstreckte sich vor ihnen wie ein großer, zahnloser, dunkler Schlund und die Fenster waren nichts als dunkle Löcher.

Entschlossen ging Julian zur großen Eingangstür, doch die war zugesperrt und ließ sich nicht bewegen. Die gerade erst aufgekeimte Zuversicht bekam einen gehörigen Dämpfer, als sie feststellten, dass die Türen zum Lehrerzimmertrakt und auch der hintere Notausgang ebenfalls verschlossen waren.

„Aus den Fenstern kommen wir auch nicht raus", sagte Tinie mit einem Blick nach rechts. „Die sind vergittert. Das kam mir schon früher immer wie ein Gefängnis vor." Sie seufzte.

„Ich rufe jetzt die Polizei an!", sagte Steffi und zog erneut ihr Handy hervor. Sie tippte mehrmals auf das Display, doch noch bevor sie etwas sagen musste, sah Lissa ihren Augen schon an, dass sie keinen Erfolg hatte.

Auch die anderen überprüften jetzt vorsichtshalber ihren Empfang. Vergebens.

Nur Leon schien mehr Glück zu haben. Er stand in der hintersten Ecke der Aula, direkt am Fenster, und presste sich das Handy ans Ohr: „Frau Haberthaler? Hören Sie mich? ... Schlechter Empfang, ich weiß ... ja ... wir sind in der Schule eingesperrt. Irgendjemand scheint sich einen Spaß mit uns zu machen. Können Sie bitte jemand vorbeischicken? ... Wir ... Hallo?" Er stockte und blickte auf sein Handy. „Mist, Empfang wieder weg, aber die wichtigen Infos hat die Sekretärin vom Direktor mitbekommen. Gut, dass ich ihre Nummer von der Einladung gespeichert hatte."

„Da haben wir ja echtes Glück, dass dein Handy sich zumindest kurzzeitig gegen den bösen Störsender behauptet hat. Langsam habe ich nämlich wirklich keine Lust mehr auf dieses dämliche Spiel", sagte Tinie und ließ sich auf einen der Tische in der Aula sinken. „Ich hatte mich so darauf gefreut, mit euch einen Prosecco zu trinken. Stattdessen sitzen wir jetzt hier fest. Und was sollte das mit diesem Film? Ich brauche doch kein Video, um mich an Paula zu erinnern. Das tue ich auch so." Sie überprüfte ihre manikürten Fingernägel.

„Was mich zu der Frage führt, wer im Besitz all dieser Filmausschnitte und damit vielleicht auch der Urheber dieses cineastischen Grabsteins ist", überlegte Lissa laut. „Das war ja ein ganzes Archiv, was wir da gesehen haben."

Julian und Steffi hatten sich zeitgleich zu Maik umgedreht, der sofort abwehrend die Hände vor dem Körper schüttelte. „Ich habe zwar die meisten Szenen gefilmt, aber ihr wisst ganz genau, dass ich immer Kassetten und DVDs mit den Aufnahmen an alle rausgegeben habe."

Lissa bemerkte, dass er all seine Anstrengung brauchte, um souverän zu wirken. Doch sie konnte zusehen, wie die Fassade des mit den Jahren sehr selbstbewusst gewordenen IT-Spezialisten Risse bekam. „Außerdem sitze ich doch genauso fest wie ihr", fügte er leiser hinzu.

Tinie war plötzlich aufgesprungen. „Kommt mit! Bis die Kavallerie eintrifft, können wir auch versuchen, selbst hier rauszukommen!", rief sie und winkte den anderen, ihr zu folgen. Sie hatte eine offene Tür entdeckt. Sie führte in das Treppenhaus des neueres Trakts der Schule, in dem sich die naturwissenschaftlichen Lehrräume befanden. Gemeinsam stiegen sie die Stufen nach oben, nur um im ersten, zweiten und dritten Stock wieder verschlossene Türen vorzufinden.

Aber im vierten und obersten Stock stießen sie auf etwas Seltsames: Jemand hatte die Tür mit rotem Edding beschmiert.

WOHIN FÜHRT SIE DAS RÄTSEL?

① **Zur Lampe**

② **Zur Fußmatte**

③ **Zum Türrahmen**

3. Kapitel

„Maik the Machine!" (1. Buchstabe aus 1.Wort + 2. Buchstabe aus 2. Wort + 3. Buchstabe aus 3. Wort etc...), rief Tinie und begrüßte den kräftigen Mann im schwarzen Sweater, dem diese Anrede immer noch genauso peinlich zu sein schien wie vor 20 Jahren. Er rang sich ein Lächeln ab.

„Psst! Es geht los", ermahnte Julian sie zum Schweigen, denn in diesem Moment stieg Dr. Dingert auf ein kleines Podest und räusperte sich kurz. „ Liebe Freunde und Ehemalige, es ist mir eine große Freude, dass Sie unserer Einladung zu Ihrem 20-jährigen Abitur-Jubiläum so zahlreich gefolgt sind!

Es ist eine Ehre für mich zu sehen, welche großartigen Persönlichkeiten unsere Schule hervorgebracht hat. Non scholae sed vitae discimus – nicht für die Schule, sondern für das Leben lernen wir." Die Worte des Direktors schwangen durch den Raum und Lissa fühlte sich unwillkürlich in die Rolle der jungen Abiturientin zurückversetzt. „Auch wenn leider nicht alle teilhaben können an unserem heutigen Wiedersehen, so bleiben doch alle Schüler dieses Gymnasiums immer Teil unserer wunderbaren Gemeinschaft."

Lissa spürte, wie diese Erwähnung eine kleine Woge des Unbehagens in ihr auslöste. Auch Tinie schien einen Schritt näher an Julians kräftige Schulter getreten zu sein.

„Ob Paula das auch so sehen würde …", murmelte Maik neben ihr.

Paula. Dieser Name hatte Lissas letztes Schuljahr begleitet wie ein Gespenst. Etwas, das immer da war, das man aber niemals sehen konnte und über das niemals gesprochen wurde. Das Einzige, was Lissa mit Sicherheit wusste, war, dass Paula früher auch Teil der Clique gewesen war. Sie musste die wildeste der Gruppe gewesen sein, denn sie hatte in der Elften einen blauen Iro-Haarschnitt getragen, das hatte

Lissa auf einem alten Klassenfoto gesehen. Leider hatte Lissa das Mädchen nie kennenlernen dürfen, denn am Ende der zwölften Klasse, noch bevor sie selbst auf das Humboldt-Gymnasium ge wechselt hatte, war Paula unter tragischen Umständen ums Lebe gekommen. Das Einzige, was bewies, dass sie tatsächlich existiert hatte waren die kleinen Skizzen eines Raben, die Paula mit schwarzen Edding auf verschiedenste Tischplatten und Toilettentüren gekritze hatte.

Dr. Dingert hatte mittlerweile seine Ansprache beendet und führt die Gruppe mit knapp 100 Leuten nun in den Trakt mit den Klassen sälen. Lissa lief neben Steffi und Tinie, dicht hinter dem grauhaarige Direktor, der einen schweren Moschus-Duft hinter sich hertrug, de Lissa schon damals als aufdringlich empfunden hatte. In diesen Moment schlüpfte ein schlanker, eleganter Mann in modischem Pull und Sneakern aus der Menge und gesellte sich zu ihnen. „Leon, da bis du ja endlich!", rief Julian, und Lissa spürte, dass sie sich mehr freute Leon zu sehen, als sie gedacht hatte. „Hi!", rief er fröhlich in die Run de, und in seinen grauen Augen blitzte das alte Strahlen, das ihn in de kompletten Jahrgangsstufe so beliebt gemacht hatte.

Leon war immer für eine Blödelei zu haben gewesen, er war zu jede Party eingeladen worden, denn die Partys, auf denen der schwarz haarige Junge erschien, waren niemals langweilig. Auch jetzt schien e voller Energie und Tatendrang zu sein, auch wenn die Haare auf der Kopf schon ein wenig spärlicher geworden waren, wie Lissa mit einer unauffälligen Blick feststellte.

„Sorry, musste noch einem schwierigen Kunden unser Marke ting-Konzept erklären", entschuldigte er sich und rief dann andächtig „Schaut mal, unser altes Klassenzimmer!" Gemeinsam mit einige Weiteren betraten sie das Zimmer, während andere Gruppen ihre je weiligen alten Klassenräume suchten und besichtigten.

Die Tische und Stühle waren natürlich erneuert worden, aber Lissa schien es, als ob sie noch immer den alten Geruch von Schülerschweiß und Putzmittel riechen konnte, den sie vor allem während der Klausuren gehasst hatte. Technische Neuerungen wie PCs, Tablets oder große Screens statt Tafeln suchte man vergebens, und nach einigen Minuten verließen die meisten das Zimmer wieder, um sich dem weiteren Rundgang anzuschließen. Nur Leon blieb plötzlich wie gebannt stehen und flüsterte: „Wartet! Ich muss kurz etwas überprüfen …"

WAS WIRD LEON ALS NÄCHSTES TUN?

① **Etwas hochheben**

② **Auf etwas klettern**

③ **Etwas aufklappen**

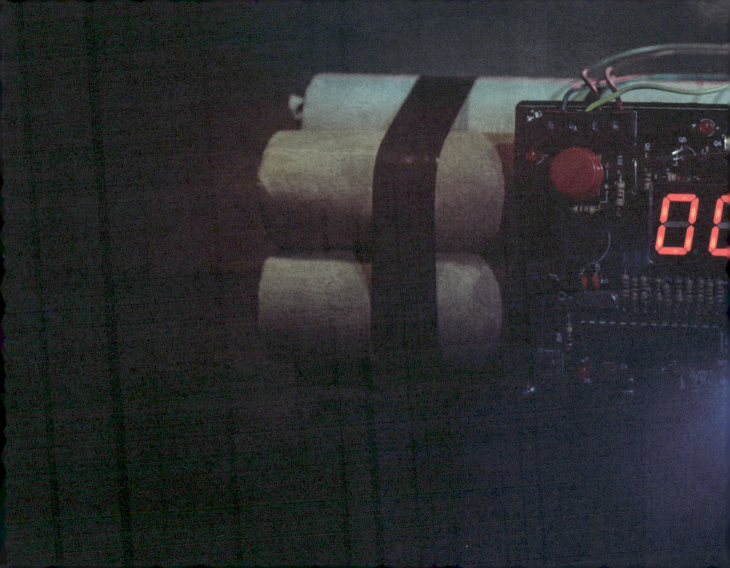

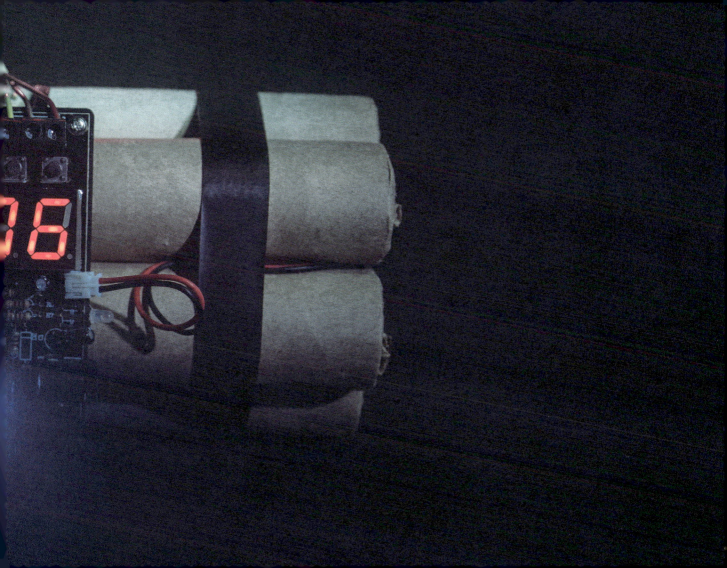

19. Kapitel

„Was soll das?", rief Julian aufgebracht. „Gewissen", sagte Tinie kurz. „Das ist die richtige Antwort. Besitzt du so was noch oder hast du das damals gemeinsam mit den kleinen Päckchen auf dem Schulhof verkauft?" Lissa glaubte sich verhört zu haben. Der aalglatte Julian, der heute vor Gericht für Recht und Ordnung sorgte und bald in den Landtag einziehen würde, hatte Drogen an der Schule verkauft?

„Mein Gott, ja! Ich gebe es ja zu, ich habe in der Oberstufe gedealt. Dafür kann ich mir keinen Orden anstecken, aber deswegen bin ich doch noch lange nicht schuld an Paulas Tod!"

„Von wem soll sie das Zeug denn sonst gehabt haben? Vielleicht hast du ihr ja damals schlechten Stoff verkauft oder ihr nicht gesagt, dass sie nur eine Pille pro Trip nehmen darf." Tinie blitzte ihn an.

„Ich habe ihr nie etwas verkauft. Und das weißt du genau!" Julian war einen Schritt auf Tinie zugetreten und baute sich nun drohend vor ihr auf. „Und wenn Steffi bei Bewusstsein wäre, würde sie das bestätigen." Lissa bemerkte, wie Tinie kurz blinzelte.

„Wie meinst du das?", ging Maik dazwischen und versuchte Julian zurückzuhalten.

Doch der beachtete ihn nicht. Er ging noch ein Stück näher auf Tinie zu, bis ihre Gesichter kaum mehr zehn Zentimeter voneinander entfernt waren. In der bleiernen Stille hörte Lissa Julians gesenkte Stimme klar und deutlich. „Steffi ist in der Nacht unserer Abi-Feier zu mir gekommen. Sie hat mir alles erzählt. Die ganze Geschichte mit Herrn Schiefer war erfunden. Paula hat niemals eine Affäre mit ihrem Lehrer gehabt. Das war alles nur ausgedacht. Und zwar von dir!"

Tinies Augen waren groß geworden, ihr schönes Gesicht vor Wut verzerrt. „Steffi hatte schon immer ein Auge auf dich geworfen", sagte sie kühl. „Hat wohl gedacht, sie könnte dich so rumkriegen, nachdem es bei uns beiden damals nicht mehr so gut lief."

„Lenk nicht ab, Tinie", unterbrach sie Julian. „Du hast deinem Vater damals erzählt, dass du Paula und Herrn Schiefer beim Knutschen beobachtet hast. Und Steffi musste deine Geschichte bezeugen. Daraufhin hat Dr. D Schiefer sofort suspendiert und Paulas Ruf war ruiniert. Niemand hätte ihr mehr geglaubt, wenn sie Dingert danach wegen sexueller Nötigung angezeigt hätte. Es wird Zeit, dass du die Verantwortung für deine Taten übernimmst."

„Sag bloß, du steckst hinter dieser ganzen Nummer hier? Ach nee, so viel Mumm hast du nicht." Sie seufzte. „Okay, hiermit gestehe ich, dass ich mir die Sache mit Herrn Schiefer nur ausgedacht habe. Der Arme hat mir auch wirklich ein bisschen leidgetan. Aber was sollte ich machen? Ich hatte keine andere Wahl."

„Damit ist also eindeutig geklärt, wer die Schuld trägt", stellte Julian fest und sah die anderen an, um sich ihrer Unterstützung gewiss zu sein. „Wir haben noch genau 6 Minuten. Ich schlage vor, du schluckst die Pillen, und wer auch immer das alles inszeniert hat, kann die Bombe deaktivieren, uns hier rauslassen und wir können Steffi zu einem Arzt bringen. Dann steckst du dir einfach den Finger in den Hals und kotzt alles wieder raus. Kein Problem."

Tinie explodierte wie ein Feuer speiender Vulkan. Lissa erkannte, dass Tinie sich niemals für die Gruppe opfern würde. Und viel wichtiger: Ihr war klar, dass sie auch nicht zulassen durfte, dass jemand starb, damit sie leben konnte. In diesem Moment stöhnte Steffi auf der Boden leise, kam jedoch nicht zu Bewusstsein. Lissa kniete sich erneut neben ihre Freundin, strich ihr sanft über den Kopf. Fieberhaft suchte sie nach einer Lösung und hatte nur noch eine einzige Idee. Sie wollte noch mal versuchen, mit Leons Handy einen Notruf abzusetzen. Fal

ie wieder Empfang hatten, könnte die Polizei sie mit etwas Glück hier
och vor Ablauf der restlichen fünf Minuten rausholen. Sie ging zu
eons Tasche und griff nach dem Telefon.

VAS MACHT LISSA GLEICH?

---

① **Sie ruft die Polizei an**

② **Sie nutzt das Telefon, um die Bombe zu deaktivieren**

③ **Sie redet mit Leon**

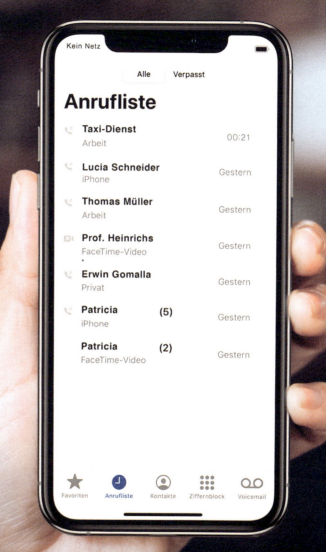

4. Kapitel

Lissa folgte Leons Blick zur Tafel, und da entdeckte auch sie es: Ein kleiner Vogel versteckte sich zwischen den Formeln und Zeichnungen. Schien sie aus seinem Versteck heraus zu beobachten. „Das ist genau der gleiche Rabe, den Paula immer gemalt hat!", sagte Steffi und sprach damit laut aus, was auch Leon und Lissa sich schon gedacht hatten. „Sie hat ihn so gerne gezeichnet, weil er wie sie war. Sehr schlau, aber mit sehr schlechtem Ruf", erklärte Leon Lissa leise.

Beide gingen zu Steffi, Julian und Tinie, die bereits ein Stück näher an die grün-schwarze Tafel herangetreten waren. Maik stand in der hinteren Ecke des Raumes wie ein stummer Wächter und beobachtete den Rest der Gruppe.

Erst als auch die letzten beiden ihrer ehemaligen Mitschüler um die Ecke gebogen waren, wurde es still im Klassenzimmer.

„Geht es nur mir so oder findet ihr das auch ein bisschen unheimlich?", fragte Tinie und blickte dabei auffordernd in die Runde, als wäre sie die Moderatorin einer Quizshow.

„Na ja, jetzt wollen wir mal keine Gespenster sehen!", sagte Julian mit dem selbstbewussten Tonfall des ehemaligen Schulsprechers. „Da hat jemand einen Raben gemalt, mehr nicht."

„Genau", sagte Steffi mit ironischem Lächeln, „ein Rabe, der zufällig genau so aussieht wie der Talisman einer Toten, die auch ganz zufällig früher in genau diesem Klassenzimmer gesessen hat? Das glaubst du doch selbst nicht!"

Tinie sprang Julian zur Seite: „Ich denke, dass wir nicht überreagieren sollten. Das ist nur eine Zeichnung, die könnte jeder dorthin gemalt haben. Raben und Krähen gibt es in Deutschland schließlich wie Sand am Meer. Und selbst wenn? Da will sich vielleicht jemand einen Spaß mit uns machen. Eine Botschaft aus dem Jenseits … Ich dachte, Halloween wäre schon vorbei." Sie lachte Julian mit einem verschwörerischen Lächeln an, das Lissa daran erinnerte, dass die beiden zu Schulzeiten das absolute Traumpaar gewesen waren.

Damals war Lissa ein wenig eifersüchtig gewesen, denn wenn sie ehrlich war, hatte Julian sie schon ziemlich beeindruckt. Selbstbewusst gut aussehend, sportlich und beliebt, wie er gewesen war, hatte es kaum ein Mädchen gegeben, das ihn nicht gerne gedatet hätte.

Steffi, die sich offensichtlich allein gelassen fühlte, wandte sich Hilfe suchend an Lissa und Leon: „Was meint ihr? Da will uns doch irgendjemand Angst machen!" Lissa wusste nicht, was sie sagen sollte. Sie wollte Steffi gerne helfen, doch sie hatte das Gefühl, in dieser Sache kein echtes Mitspracherecht zu haben. Leon wippte mit dem Oberkörper vor und zurück. Lissa spürte, dass er ein wenig seiner sonstigen Unbefangenheit verloren hatte. „Ich denke", setzte er dann langsam an, „dass wir nicht vergessen sollten, dass Paulas Tod kein einfacher Unfall war."

Seine Worte hingen schwer im Raum. Es war, als ob Leon ein Gelübde gebrochen hätte. Zum ersten Mal hörte Lissa ihn oder einen der anderen über den damaligen Vorfall sprechen, wagte aber nicht eine Nachfrage zu stellen.

Als keiner etwas sagte, trat er nach vorne: „Es wird uns wohl nichts anderes übrig bleiben, als der Sache auf den Grund zu gehen." Er klappte die Tafel auf und pfiff leise durch die Zähne.

Auch die anderen sahen nun die Botschaft. Aber was wollte sie ihnen sagen?

WO SOLLEN LISSA UND IHRE FREUNDE LAUT DER NACHRICHT HINGEHEN?

① **Aufenthaltsraum im Keller**

② **Alter Kartenraum**

③ **Aufsichtszimmer im Erdgeschoss**

① ② ③

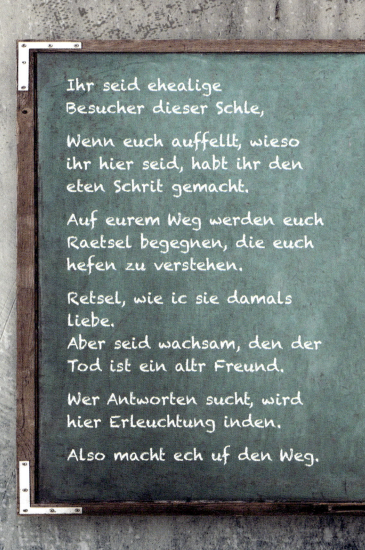

Ihr seid ehealige Besucher dieser Schle,

Wenn euch auffellt, wieso ihr hier seid, habt ihr den eten Schrit gemacht.

Auf eurem Weg werden euch Raetsel begegnen, die euch hefen zu verstehen.

Retsel, wie ic sie damals liebe.
Aber seid wachsam, den der Tod ist ein altr Freund.

Wer Antworten sucht, wird hier Erleuchtung inden.

Also macht ech uf den Weg.

6. Kapitel

„Mal sehen ...“, murmelte Lissa, die sich neben Maik auf den Boden gesetzt hatte. „Wenn man die Ziffern nimmt und diese oben im Alphabet abzählt, markieren sie die Buchstaben C, D, H, L, S und U, anders angeordnet ergeben sie das Wort ‚Schuld‘.“ Sie blickte auf und sah in Steffis geweitete Augen. „Das wird mir jetzt wirklich zu unheimlich“, murmelte sie tonlos, „ich geh rauf und sag deinem Vater Bescheid.“ Noch bevor Tinie sie hindern konnte, war sie aus der Tür und in den langen Kellergang gestapft. Leon schien zu überlegen: „Es ist vielleicht wirklich das Beste, wenn wir den Direktor einschalten“, sagte er zu Tinie, worauf Julian einmal kurz schnaubte. „Denkst du tatsächlich, Dr. D interessiert sich für solchen Kinderkram?“, fragte er herausfordernd. Maik war absolut ruhig geworden. Bei ihm schien die Botschaft, die das Ouija-Brett überbracht hatte, wie ein schwerer Ziegelstein auf den Grund seines Bewusstseins zu sinken. Lissa spürte, dass sich durch die Nachricht etwas im Gefüge der Gruppe verändert hatte, sie konnte aber nicht genau benennen, was.

Plötzlich hörte sie Steffi wütend aufschreien. Alle liefen in den Flur, um zu sehen, was passiert war. Die schwarzhaarige Frau rüttelte so fest sie konnte an der schweren Feuerschutztür, die vom Keller wieder ins Treppenhaus führte. „Sie ist zugefallen!“, rief sie mit leicht panischem Unterton in der Stimme.

„Lass mich mal“, sagte Julian und drängte Steffi zur Seite. Doch auch er konnte nichts ausrichten. Die Tür bewegte sich keinen Millimeter. Lissas Herzschlag beschleunigte sich, sie hatte schon früher unter leichter Klaustrophobie gelitten, doch mittlerweile bekam sie schon auf der Rückbank eines Kleinwagens Panikattacken. Da entdeckte Julian an dem Türschloss ein kleines Kästchen, an dem man anscheinend einen Zahlen- oder Buchstabencode eingeben konnte. „Noch ein Rätsel“, brummte er, „na, das hätte Paula wirklich gefallen.“ Lissa versuchte die geschlossene Tür auszublenden und konzentrierte sich auf den Code.

Sie probierten verschiedene Kombinationen aus, doch das Schloss blieb verriegelt. „Das bringt nichts, hier kommen wir nicht weiter. Lasst uns mal den restlichen Keller untersuchen, vielleicht gibt es irgendwo einen geheimen Ausgang, ein Funkgerät oder einfach nur was zu essen. Ich habe nämlich ein bisschen Angst, dass wir das Festbankett im Gasthof verpassen könnten, wenn wir hier noch länger festsitzen“, meinte Leon und hakte sich bei Steffi unter, die gerade erfolglos versuchte, per Handy Hilfe zu holen. „Steffi, wir hatten schon oben keinen Empfang“, erklärte Julian ihr besserwisserisch, hier unten kannst du es komplett vergessen, da funktionieren nicht mal Peilsender der NSA!“ Er lachte, was wohl aufmunternd wirken sollte, aber eher das Gegenteil bewirkte.

Lissa schob sich hinter Steffi und Leon und ging mit ihnen den Gang ein Stück weiter hinunter, während sie eine Klinke nach der anderen drückte, doch alle Türen waren verschlossen. Da hörte sie vom Ende des Gangs ein Geräusch. Ohne dass sie es merkte, verfiel sie in eine Art Schleich-Modus und näherte sich neugierig der letzten Tür. Dahinter waren undeutlich Stimmen zu hören und ein flatterndes Lachen.

Sie stieß die Luft aus. Sie hatte gar nicht gemerkt, wie angespannt sie gewesen war, bis die Erleichterung ihr nun wie warmes Wasser durch den Körper floss. Sie waren nicht alleine in einem unheimlichen Keller eingesperrt, es gab noch andere Leute hier! Menschen, von denen man wusste, dass sie hier unten waren, und nach denen deshalb jemand suchen würde.

Sie klopfte an die Tür und wartete, doch nichts geschah, also versuchte sie es noch einmal, und pochte gegen die Metallplatte. Leon und Steffi, die ihr gefolgt waren riefen: "Hallo! Ist da jemand?" riefen. Doch die Gespräche wurden nicht unterbrochen, stattdessen meinte Lissa ein Kichern zu hören. Sie betrachtete die Tür genauer: An der Klinke hing ein Kästchen, auf dem man offensichtlich etwas eintippen sollte,

…aneben eine kleine Plakette mit einer Reihe von Zahlen.

MIT WELCHEM CODE KANN LISSA DIE TÜR ÖFFNEN?

① **3999**
② **3780**
③ **3689**

① ② ③

11. Kapitel

Diesmal war es Tinie, die das Rätsel löste: „Sich nach unten in Sicherheit bringen ist Ducken, das U mit E vertauschen, schon haben wir Decken, und Pest und Pocken, das sind Seuchen, macht also Leuchten. Also Deckenleuchten!"

„Hier ist nur eine Deckenleuchte", stellte Leon mit einem Blick nach oben fest. „Komm, ich heb dich hoch, dann kommst du dran."

„Lass das besser mal Julian machen, nicht dass du dir noch das Kreuz brichst, ich bin schließlich auch keine Feder mehr", sagte sie und lächelte ihn freundlich an, während sie sich unter der Lampe in Position brachte. Leon widersprach nicht, schließlich war er tatsächlich wesentlich schmaler gebaut als Julian, der zwar kurz zögerte, dann aber seinen Pflichten nachkam. Er ging in die Hocke und ließ Tinie auf seine Schultern steigen. Die streckte sich und hatte nach wenigen Sekunden einen kleinen silbernen Schlüssel in der Hand, den sie triumphierend in die Höhe hielt. Julian half ihr wieder herunter und Tinie sagte: „Danke, du bist mein Held", während sie ihm einen leichten Kuss auf die Wange hauchte. Lissa schüttelte den Kopf. Da hatte ihnen jemand mit dem Tod gedroht, und Tinie konnte immer noch nicht aufhören, die personifizierte Verführung zu spielen. Vielleicht sollte sie sich ein bisschen was von Tinies weiblichem Charme abschauen, dann würde sie der nächste Typ nicht gegen eine junge Kollegin austauschen, wie es ihr Ex getan hatte.

Als sie die Tür aufschlossen, erwartete sie dahinter ein breiter Gang mit Schließfächern und mehreren Türen.

Nur die ersten drei schienen geöffnet zu sein, was kein Problem war, denn die naturwissenschaftlichen Klassenräume waren über eine Art Labor oder Abstellraum miteinander verbunden, in dem die Unterrichtsmaterialien für das jeweilige Fach deponiert waren.

„Wir könnten zuerst die Garderobe untersuchen", schlug Leon vor. Lissa imponierte, dass er es mit seiner sachlichen Art schaffte, die angespannte Situation nicht noch weiter eskalieren zu lassen. Er war Steffi seit ihrem Panikanfall kaum von der Seite gewichen. Doch die war seit der Flucht aus dem Keller immer stiller geworden, bis sie jetzt plötzlich sagte: „Es geht um unsere Schuld." Und als Lissa sie fragend anblickte, ergänzte sie: „Wir sind schuld an Paulas Tod. Und dafür sollen wir bezahlen."

„Wir sind an überhaupt nichts schuld, hör auf, so einen Quatsch zu erzählen!", herrschte Julian sie an. Doch Leon stellte sich auf Steffis Seite: „Jeder trägt Schuld mit sich. Du weißt das doch besser als jeder andere."

„Was soll das denn bitte heißen?", fragte Julian aufgebracht. „Du hängst doch viel mehr drin als ich, oder?" Leon wandte den Blick ab, zum ersten Mal schien er sprachlos zu sein. Tinie ging zu ihm und legte ihm eine Hand auf die Schulter. „Du musst dir nichts vorwerfen", sagte sie leise.

Julian schien wütend zu sein. „Komm mit, Maik", sagte er und machte sich auf den Weg in den ersten Klassenraum. Tinie ignorierte ihn und begann die Garderobe zu untersuchen, während sie Steffi Anweisungen gab, wie diese die unteren Schließfächer untersuchen sollte. Das ließ Lissa keine andere Wahl, als Leon zu folgen. Der machte sich gerade auf den Weg zum zweiten Klassenraum. Sie wollte ihn nicht allein lassen und im Moment konnte sie weder Julians Macho-Gehabe noch Tinies Eitelkeiten ertragen.

Sie betrat kurz hinter Leon den Erdkunderaum und fand an der Tafel das nächste Rätsel:

WELCHER DIESER BEGRIFFE GEHÖRT
NICHT DAZU?

① **SCHWARZ** ② **GRAU**
③ **ROT** ④ **TOT**

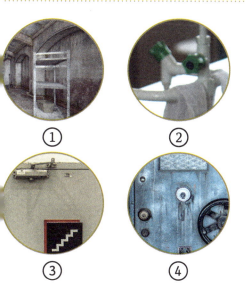

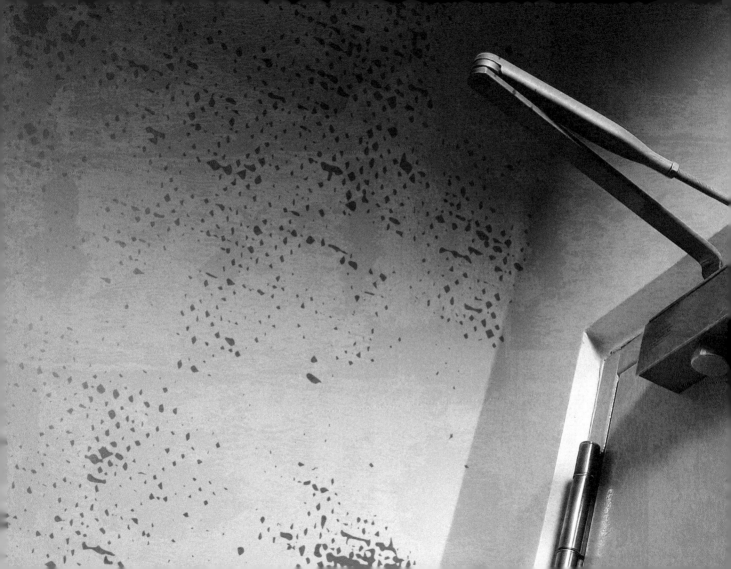

17. Kapitel

Maik nahm die Notiz heraus und bedeckte die untere dunkle Seite der Ziffern mit seinem Feuerzeug. Nachdem er so zu keinem Ergebnis zu kommen schien, nahm er den halb abgedeckten Zettel und drehte ihn um 90 Grad, so dass er hochkant stand. Jetzt erschienen vor Lissas Auge Zahlen, die von oben nach unten gelesen 090 ergaben. Maik tippte den Code mit geübten Fingern ein und alle warteten gespannt.

Lissa hoffte immer noch darauf, dass ein großer Konfettiregen auf sie herunterprasseln und jemand laut „April, April!" rufen würde, doch das Konfetti ließ auf sich warten. Stattdessen passierten zwei Dinge auf einmal: Die beiden großen automatischen Feuerschutztüren, die zu dem unterirdischen Zugang und zum Trakt mit den Lehrerbüros und Waschräumen führten, schlossen sich wie von Geisterhand. Gleichzeitig piepte es dreimal laut und kurz hintereinander von der Decke. Lissa blickte nach oben und sah, wie ein etwa schuhkartongroßes Paket, das dort wie eine Spinne hing, mit einem Klicken zum Leben erwachte. Soweit sie das von ihrer Position erkennen konnte, bestand es aus mehreren unförmigen Knetwürsten, ein bisschen schwarzem Plastik und ein paar Kabeln. Auf seiner Unterseite war eine digitale Zeitanzeige befestigt, die – wie Lissa jetzt entsetzt bemerkte – rückwärts zählte. „Ein Countdown …", flüsterte sie. Die Uhr zeigte noch 19 Minuten und 40 Sekunden. Lissa hatte in ihrem ganzen Leben noch keine echte Bombe gesehen, aber die Spinne an der Decke sah ziemlich genau so aus, wie sie sich Plastiksprengstoff vorstellte.

Auch Julian schien zu demselben Schluss gekommen zu sein, denn er schlug mit voller Wucht auf das digitale Eingabefeld ein, sodass dessen Scheibe sprang und ein paar Funken flogen. Er riss hektisch an der Leiterplatte, sodass diese sich widerstandslos von dem Kabel trennte und in die Ecke flog.

Doch die Uhr, die fünf Meter über ihren Köpfen an der Turnhallendecke hing, tickte unbeeindruckt weiter.

Julian fluchte. „Verdammt! Wir haben unser eigenes Mordwerkzeug selbst scharf gemacht. Wer auch immer hinter all dem steckt, hat einen ziemlich schrägen Sinn für Humor …"

Lissa sah zu Steffis schlaffem Körper, den Maik auf dem Boden auf seine Jacke gebettet hatte. Die Wunde am Kopf hatte aufgehört zu bluten, aber Steffis Augen blieben geschlossen. „Wir müssen irgendetwas unternehmen!", rief Maik. „Wenn das Ding da oben explodiert, reißt es die komplette Decke mit sich und begräbt uns unter sich." Er untersuchte nervös das abgerissene Kabel und den Schaltkasten, schüttelte dann aber nur ratlos den Kopf.

„Ich denke, wir sollten den anderen erzählen, welche Botschaft wir auf dem Spiegel gefunden haben." Leon blickte zu Lissa und wartete darauf, dass sie das Wort ergriff. Lissa blieb stumm. „Sie haben ein Recht darauf, es zu wissen", insistierte Leon. „Was zu wissen?", fragte Tinie und sah Lissa mit einem bohrenden Blick an. Die schluckte, dann wiederholte sie den Satz, der ihre Rettung oder ihr Verderben sein konnte.

„Wir sollen einen Schuldigen bestimmen, und der soll sich dann heldenhaft opfern? Das kann wohl nicht euer Ernst sein." Tinies Blick brannte auf Lissa. „Ich habe nicht gesagt, dass wir das tun sollen, ich habe nur wiedergegeben, was dieser Verrückte geschrieben hat!"

„Genau, ein Verrückter!", rief Tinie aufgebracht. „Habt ihr euch schon mal überlegt, wer dahinterstecken könnte? Es könnte Paulas schizophrene Mutter sein! Vielleicht ist sie aus der Anstalt ausgebrochen?" „Oder Herr Schiefer", überlegte Julian. „Für den ging schließlich alles den Bach runter nach dem Skandal." Lissa fragte sich warum der Lehrer sich für sein verpfuschtes Leben an Paulas Schulkameraden rächen sollte.

Um zumindest ihren nervösen Händen etwas Sicherheit zu geben, steckte sie diese in ihre Jackentaschen. Überrascht stellte sie fest, dass sie darin noch die kleine Plastikdose hatte, die in dem Schädel versteckt gewesen war. Ihr kam ein schrecklicher Gedanke. Sie zog die Dose hervor und begutachtete die Pillen darin. „Ich glaube, ich weiß auch, wie der Schuldige ums Leben kommen soll. Mit der gleichen Methode, die auch Paula das Leben gekostet hat."

„Lass mich mal sehen", sagte Julian, der die Situation wieder unter seine Kontrolle bringen wollte. Er nahm den weißen Plastikdeckel ab und schüttete die Pillen in seine Handfläche. „Moment mal!", rief Tinie, „da ist irgendwas an das Innere des Deckels geklebt!"

Sie riss Julian den Deckel aus der Hand und begann einen kleinen weißen Zettel von dem Plastik abzuziehen, der Lissa vorhin überhaupt nicht aufgefallen war. Als Tinie ihn auffaltete, kamen seltsame Hieroglyphen zum Vorschein.

WAS STEHT AUF DEM ZETTEL?

① **Eine Anspielung auf eine Person**

② **Eine Drohung**

③ **Eine Anweisung**

9. Kapitel

Leon las vor. Er hatte bei dem unteren M begonnen und war dann den Buchstaben horizontal oder vertikal gefolgt, so dass sie sinnvolle Worte bildeten: „Mindestens einer von euch muss heute Abend sterben. Doch ihr entscheidet, wie viele den Tod finden. Wahrheit gibt es im Himmel."

„Einer muss sterben …"', wiederholte Steffi ungläubig, dann verwandelte sich ihr Erstaunen langsam in Angst. „Wir müssen hier sofort raus!", rief sie und packte Julian am Oberarm. „Du musst was machen, irgendein Verrückter will uns umbringen!" Lissa merkte, wie sich auch in ihr Panik breitmachen wollte. Ihr Puls beschleunigte sich und ihr Mund wurde trocken. Der Keller fühlte sich auf einmal unendlich klein und luftleer an. Sie atmete tief durch und nahm dann Steffis Hand. „Du musst dich beruhigen, wir finden schon einen Ausgang", sagte sie und wusste nicht, ob sie zu Steffi oder zu sich selbst sprach.

„Was soll dieser Zusatz bedeuten? ‚Wahrheit gibt es im Himmel …' Es muss ein weiterer Hinweis sein", überlegte Maik, den Steffis Panikattacke genauso kaltgelassen zu haben schien wie die Morddrohung. Nur die kleinen Schweißperlen an seinem Haaransatz verrieten seine Anspannung. „Der Himmel ist über uns …" Er hatte den Kopf in den Nacken gelegt. Erst jetzt bemerkte auch Lissa, dass die Decke des Raumes mit alten, bunten Fliesen verziert war. Das war ihr früher nie aufgefallen oder vielleicht war es das damals auch und sie hatte es einfach vergessen. Sie konnte sich an so viele Dinge nicht mehr genau erinnern, während andere Details sich ihr ins Gedächtnis gebrannt hatten, bis ihre Schulzeit aus nur mehr diesen wenigen Momenten zu bestehen schien.

Kokosschokolade, die der Hausmeister in der Pause verkaufte, der Chemielehrer, der in dicken Pelzstiefeln zum Unterricht erschien, und der Spickzettel, den sie auf ihr Lineal geklebt und doch nie benutzt hatte. Und Steffi, die ihr gestand, dass sie in den Freund ihrer besten Freundin verliebt war.

Lissa hatte dazugehört, war zu den meisten guten Partys eingeladen worden, doch es hatte immer eine Schwelle gegeben, die sie nie übertreten hatte. Sie war keine Eingeweihte gewesen. Wusste nicht, was und wie genau das mit Paula geschehen war. Sie hatte schnell gespürt, dass Steffi, Julian, Leon und Tinie sie genau deswegen mochten. Auf ihr lag nicht dieser schwarze Schatten, dem sie alle zu entkommen versuchten. Deswegen hatte sie auch keine Fragen gestellt. Hatte sich nicht für das tote Mädchen von früher interessiert. Doch das schien ihr jetzt teuer zu stehen zu kommen.

Sie stellte sich eng neben Steffi und fragte: „Wie genau ist Paula damals eigentlich umgekommen? Ich habe nur was von irgendwelchen Pillen gehört, stimmt das?"

Steffi schüttelte traurig den Kopf, für einen Moment hatte sie ihre Angst beinahe vergessen. „Weißt du, Paula war zwar echt krass unterwegs, hatte ihren eigenen Kopf und so, aber mit Drogen hatte sie eigentlich nie zu tun, sie war eher der Straight-Edge-Typ, also kein Alkohol, kein Tabak, kein Koffein. Sie wollte immer alles selbst in der Hand haben und kontrollieren können. Und dann an einem Dienstagmorgen lag sie da, auf dem Boden in ihrem Zimmer. Überdosis, haben sie festgestellt. Das hat sich irgendwie so falsch angefühlt."

Lissa spürte, dass da noch mehr war, und nahm sich vor, auch bei den anderen nachzuhaken. Jetzt musste sie aber erst mal überlegen, wie sie aus dem stickigen Keller entkommen konnten und wie zur Hölle die Fliesen an der Decke ihnen dabei helfen konnten.

WELCHER CODE ÖFFNET DAS SCHLOSS?

① **X7**

② **LT**

③ **46**

① ② ③

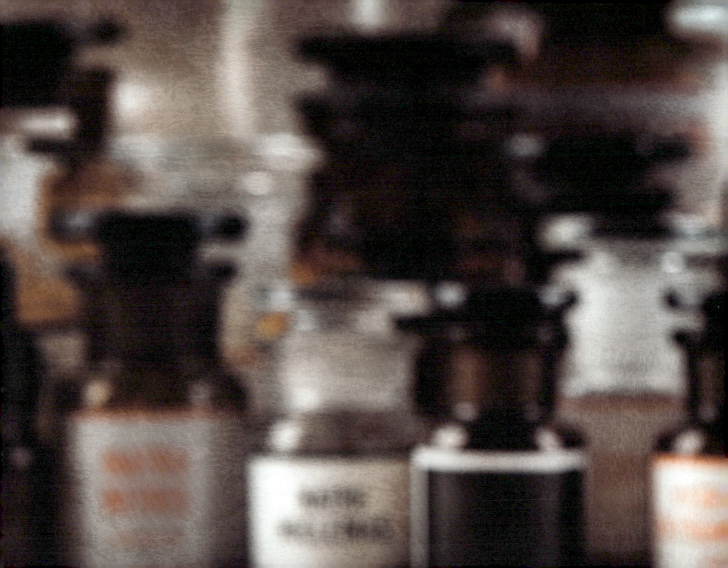

13. Kapitel

„Er hält sich für ein Genie, weil er das mit dem Periodensystem herausbekommen hat", sagte Maik zu Lissa. „Nur kein Neid, Maik!", lachte Julian, der seinen Moment des Ruhms genoss und gönnerhaft erklärte: „Jede Zahl steht für die Abkürzung eines Elements im Periodensystems. Also zum Beispiel 16 für S wie Schwefel. Und wenn eine Zahl unterstrichen ist, weiß man, ob man den ersten oder zweiten Buchstaben der Abkürzung braucht. So war es ganz einfach, das Wort SUBSTANZ herauszulesen!" Maik verdrehte die Augen.

Lissa sah sich um. „Aber welche Substanz ist gemeint?" Auf dem Lehrerpult vor der Tafel waren noch Teile eines alten Versuchsaufbaus zu sehen. Ein Erlenmeyerkolben hing über einem erloschenen Bunsenbrenner, daneben mehrere braune Flaschen mit gelblichen Etiketten.

„Natrium, Schwefelsäure, Jod …", las Maik vor, bevor er von einer der Flaschen den Deckel entfernte und vorsichtig daran roch. Ein beißender Geruch wehte zu Lissa herüber. Sie beschloss, einen weiteren Vorstoß bei ihren Recherchen zu wagen. Sie ging zu Maik und fragte: „Was wird hier eigentlich totgeschwiegen?"

Er seufzte und sagte dann: „Paula war auch nicht immer ein Engel." Lissa ließ den Satz einen Moment im Raum hängen, und als Maik nichts mehr hinzufügte, sprang Julian ein: „Sie hat nichts anbrennen lassen, wenn du weißt, was ich meine … Einmal ist sie deswegen mit Tinie ziemlich aneinandergeraten."

„Das war doch nur, weil Tinie Herrn Schiefer selbst ziemlich heiß fand", sagte Maik. „Ach, erzähl doch keinen Quatsch", unterbrach Julian ihn gereizt. Lissa erinnerte sich, dass der selbstbewusste Julian schon damals bei jedem möglichen Nebenbuhler ausgerastet war. Herr Schiefer war ein junger Lehrer gewesen, der aber die Schule verlassen hatte, bevor sie das Humboldt-Gymnasium besucht hatte.

In diesem Moment gellte ein lauter Schrei durch den Klassenraum, gefolgt von einem ohrenbetäubenden Knall. „Das war Leon!", rief Lissa. Ihr war gar nicht aufgefallen, dass er bereits weiter in den Biologiesaal gegangen sein musste.

Sie eilte in Richtung Chemiesammlung, welche die beiden Räume miteinander verband.

Dort erwartete sie das reine Chaos. Das große, schwere Regal, das die Sammlung in der Mitte getrennt hatte, lag auf dem Boden. Bücher waren überall auf dem Boden verstreut, daneben Scherben und ausgelaufene Flüssigkeiten, die sich langsam zu kleinen Pfützen vermengten und dabei bedrohlich zischten.

Leon lag neben dem Regal, sein Gesicht war schmerzverzerrt, während er sich wieder aufrappelte

„Was ist passiert?", wollte Lissa wissen. Sie ging neben ihm in die Hocke und bemerkte, dass er sich den linken Arm hielt.

„Ich habe keine Ahnung …", stieß er hervor. „Als ich reinkam, habe ich auf dem Boden eine kaputte Glasflasche entdeckt, die wollte ich mir näher anschauen, also habe ich mich heruntergebückt und versucht, das Etikett zu entziffern. Da habe ich plötzlich aus dem Augenwinkel gesehen, dass dieses riesige Regal auf mich zukommt. Ich habe mich ohne nachzudenken zur Seite geworfen."

„Das war dein Glück! Wenn dich eins der Bretter am Kopf erwischt hätte, wärst du nicht mehr aufgestanden …", sagte Julian, der Lissa gefolgt war. Seine lockere Bemerkung konnte nicht über seinen Schreck hinwegtäuschen. „Also Glück fühlt sich irgendwie anders an …", sagte Leon und hielt sich den Arm. „Das Ding hat mich am Oberarm rwischt, ich hoffe nur, dass da nix angebrochen ist, ich wollte doch ächste Woche zum Squash." Er rang sich ein Grinsen ab.

"So ein Regal fällt nicht einfach um", stellte Lissa fest. "Jemand muss s auf dich geschubst haben. Jemand, der in Kauf nahm, dass du terben konntest." Ein Schauer überlief Lissa, unwillkürlich schaute sie ich um. Wer war mit ihnen in dieser Schule eingesperrt? War vielleicht sogar jemand aus ihrer Gruppe dafür verantwortlich? Oder war s möglich, dass jemand ihnen vorab diese tödliche Falle gestellt hatte? Bevor sie weiter darüber nachgrübeln konnte, traf sie die Erkenntnis wie ein Blitz.

Sie wusste, wohin sie die beiden vorherigen Hinweise führen sollten.

WO GEHT FÜR LISSA UND IHRE FREUNDE DIE SUCHE WEITER?

① **In der Chemiesammlung**
② **Im Biologiesaal**
③ **In der Garderobe**

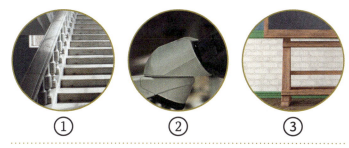

16. Kapitel

„Fällt dir auf, dass alle Wörter aus den Sätzen über dem Rätsel auch in dem Gitter vorkommen?", fragte Lissa. „Wenn wir sie wegstreichen, bleiben einzelne Buchstaben übrig. Sie ergeben den Satz: Wenn der Schuldige stirbt, leben die anderen." Sie schwieg kurz, bevor sie Leon in die Augen sah. „Das heißt, nur wenn einer von uns sich opfert, lässt er die anderen gehen …"

In diesem Moment hörten sie Julians laute Rufe. Seine Stimme klang plötzlich völlig verändert, jegliche Souveränität war aus ihr gewichen, wie Luft aus einem löchrigen Fahrradreifen.

So schnell sie konnte, rannte Lissa in die große Turnhalle zurück. Julian stand da und blickte starr auf Steffi. Die lag am Rande der Halle auf dem Boden, die Augen geschlossen, und rührte sich nicht mehr. Lissa stellte schockiert fest, dass sich an der Seite ihres Kopfes eine kleine rote Lache ausbreitete.

„Wir müssen ihr helfen!", rief sie verzweifelt und kniete sich neben ihre Freundin. „Sie atmet noch!", stellte Tinie erleichtert fest, die sich nun neben Lissa gesetzt hatte. Auch alle anderen hatten sich mittlerweile um den Ort des Unglücks versammelt und blickten entsetzt auf den schlaffen Körper.

„Was ist passiert?", fragte Lissa, während sie vorsichtig die Platzwunde an Steffis Kopf untersuchte.

„Ich habe keine Ahnung …", stammelte Julian. „Ich habe mir gerade im Geräteabteil die Reckstangen angesehen, als ich plötzlich einen dumpfen Knall gehört habe. Als ich nachsehen wollte, woher das Geräusch kam, habe ich sie gesehen. Sie lag einfach nur da. Ich habe nicht gewusst, was ich tun sollte, also habe ich nach euch gerufen."

Es war das erste Mal, dass Lissa Julian so außer Fassung erlebte. Doch ihr selbst ging es nicht viel besser. Maik, der schon zu Schulzeiten Ersthelfer gewesen war, prüfte Steffis Puls und brachte sie nun behutsam in eine stabile Seitenlage.

„Wir können nicht viel tun, bis ein Krankenwagen kommt", stellte er fest. „Und wie zur Hölle sollen wir den rufen?", fragte Tinie gereizt. „Ich frage mich, ob die alte Haberthaler tatsächlich jemand zu uns los geschickt hat! Der müsste doch längst hier sein!"

Lissa blickte nach oben. „Steffi muss von der Tribüne gefallen sein." „Oder jemand hat nachgeholfen", sagte Julian tonlos.

Ein Schweigen entstand in der Gruppe, das beinahe mit Händen greifbar war. Tinie und Lissa spähten nervös zu der Tribüne empor, als ob sie den geheimnisvollen Angreifer noch entdecken könnten, während Leon den Blick misstrauisch über die anderen gleiten ließ.

Lissa begriff. Er dachte, dass einer von ihnen Steffi von der Tribüne gestoßen haben könnte! War das wirklich möglich? Hätte einer ihrer Freunde das alles inszenieren und vorhin auch den Anschlag in der Chemiesammlung verüben können? Sie war sich nicht sicher. Noch vor wenigen Stunden hätte sie vor Gericht geschworen, dass keiner ihrer ehemaligen Schulkameraden zu so etwas fähig wäre. Aber sie hatte zu spüren bekommen, wie tief und kalt der schwarze See der Geheimnisse war. Wie gut kannte sie ihre Freunde wirklich?

Sie wurde von ihren düsteren Gedanken abgelenkt, da sie plötzlich beobachtete, wie Leon sich an einem Sicherungskasten zu schaffen machte. Als sie näher kam, entdeckte sie, dass auch auf ihm ein winziger Rabe eingeritzt worden war. Leon hebelte hektisch daran herum, bis der Kasten mit einem leisen Quietschen aufsprang.

Darunter kamen die normalen Sicherungsschalter zum Vorschein, aber auch ein digitales Eingabefeld sowie Zettel mit einer seltsamen Notiz und einer achtstelligen Nummer. Doch auf dem Feld konnte man nur drei Ziffern eintippen.

WELCHE ZAHL MÜSSEN SIE EINGEBEN?

---

① **273**

② **090**

③ **593**

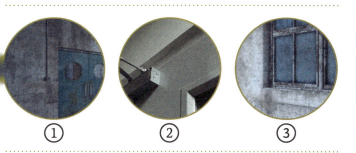

① ② ③

20. Kapitel

Lissa fühlte, wie ihr gesamter Körper zu Stein erstarrte, beinahe wäre ihr Leons Handy aus der Hand gerutscht, so sehr schockte sie ihre Entdeckung: Leon hatte nie mit Frau Haberthaler, der Sekretärin, telefoniert. Das war in der Anrufliste klar zu sehen. Auch er hatte nie Empfang gehabt. Warum hatte er das Gespräch vorgetäuscht? Plötzlich überkam sie die Erkenntnis wie ein eisiger Schauer. Wie realistisch war es, dass jemand in der Chemiesammlung ein Regal auf ihn gekippt hatte und dann spurlos verschwunden war?

Viel wahrscheinlicher war, dass Leon den Angriff nur vorgetäuscht hatte, um den Verdacht von sich abzulenken. Aber warum sollte er das alles tun? Er hatte sich damals doch wie alle anderen für Tinies Seite entschieden? Sie würde ihn zur Rede stellen. Und zwar sofort.

Leon hatte in diesem Moment den Blick zu Lissa gewandt. Als er sein Smartphone in ihren Händen sah, verrutschte sein Gesichtsausdruck für einen kurzen Moment. Doch er hatte sich schnell wieder im Griff. „Was machst du da?", wollte er wissen.

„Du steckst hinter dieser ganzen Aktion, oder?" Lissa hatte so laut gesprochen, dass auch alle anderen sie gehört hatten. Mit einem Mal traf sie die Aufmerksamkeit der Gruppe wie ein Scheinwerfer. Sie fühlte sich unsicher. „Was redest du denn für einen Quatsch, Lissa? Ich war doch die ganze Zeit bei euch. Ich bin hier genauso eingesperrt wie du!" „Und warum hast du dann vorhin so getan, als ob du mit Frau Haberthaler telefoniert hättest? Du wolltest uns in Sicherheit wiegen, damit wir nicht doch noch einen Ausweg finden." Leon schüttelte mit einem mitleidigen Lächeln den Kopf. „Warum erzählst du denn so etwas? Die Angst lässt dich Gespenster sehen."

„Gespenster? Dann ist diese Anrufliste wohl auch eine Geistererscheinung?" Sie zeigte den anderen Leons Handy. Tinie runzelte skeptisch die Stirn, als sie sah, dass mit dem Handy seit gestern Nach nicht mehr telefoniert worden war. „Du hast den letzten Anruf ge löscht", sagte Leon mit einer Stimme, die keinen Zweifel daran lie dass er sich der Unterstützung seiner alten Clique sicher war. Lissa ge riet ins Stottern. „Nein! Ich … Habe ich nicht", sagte sie, konnte abe in den Gesichtern der anderen sehen, dass diese ihr nicht glaubten.

Mit einem Mal fühlte sie sich wieder wie die Neue an der Schule, d niemand hatte, der ihr den Rücken stärkte und dem sie vertraue konnte. Die Uhr an der Decke zeigte noch 3:40 Minuten. Dann ka ihr eine Idee. „Zieh deinen Pullover aus." Leon starrte sie verständni los an. „Ich will deinen Arm sehen. Der angebliche Angreifer hat dic doch mit dem Regal am Oberarm erwischt. Hast du behauptet. Dan müsste man da doch mindestens eine Prellung sehen."

Leon zögerte. „Zeig uns deinen Arm", forderte nun auch Julian un auch Maik und Tinie sahen ihn abwartend an.

Leon trat einen Schritt zurück, dann atmete er tief ein und sagte nu „Ich will, dass du dich entschuldigst." Sein Blick durchbohrte Tini „Wir alle waren jung und unreif, wir haben einen Fehler gemacht un falsche Entscheidungen getroffen, die wir damals für moralisch richt hielten. Aber du – du hast zwei Menschenleben ruiniert, nur um dein eigene kleine Welt voller Privilegien zu schützen. Und vorhin hast d deine ehemals beste Freundin kaltblütig von der Tribüne gestoße weil sie vielleicht dein schmutziges Geheimnis verraten hätte. Ich wi dass du zumindest diesmal deine Schuld gestehst. Sonst lass ich di Bombe hochgehen."

Die Uhr zählte die letzten 40 Sekunden herunter. Lissa wollte Tini das Geständnis am liebsten mit eigenen Händen aus dem Rache ziehen. Auch Maik schien kurz davor, die Blondine zu schütteln.

„Was sollte ich denn tun?", schrie Tinie, der die Angst nun die Zunge lockerte. Leon begann, den Countdown laut mitzuzählen: „Zehn, neun, acht …" „Okay, okay!", rief Tinie hysterisch. „Ich habe Steffi von der Tribüne gestoßen, sie hätte alles ruiniert." Im gleichen Moment sprang die Uhr auf null und Lissa stürzte so schnell sie konnte zu einer Ecke der Turnhalle. Doch nichts geschah. Leon stand wie eine Statue in der Mitte der Halle und sagte tonlos: „Eine echte Bombe? Das würdet ihr mir zutrauen? Einen Sprengsatz habt ihr vorhin nicht aktiviert, dafür ist aber die ganze Zeit eine Kamera mitgelaufen, die alles festgehalten hat, was hier in der Turnhalle gesagt wurde. Ich werde die Aufnahmen an einen Anwalt übermitteln. Es wird Konsequenzen geben, für Tinie und Herrn Dingert." Lissa sah ihn ungläubig an. „Aber warum hast du das alles getan?", fragte sie ihren früheren Freund. Er wich ihrem Blick aus und antwortete leise: „Weil ich es Paula schuldig war."

Epilog

22. Juli 1998

Ich weiß nicht, wie ich mit dieser Situation fertigwerden soll. Das alles ist einfach so unfair. Am meisten tut mir Herr Schiefer leid. Nur weil er sich für mich eingesetzt und mich gefördert hat, ist jetzt seine Karriere am Ende. Ich hätte wissen müssen, dass Tinie so etwas abziehen würde. Ich habe schon überlegt, ob ich mich endlich outen soll. Dann wüsste zumindest jeder, dass die Geschichte mit der Affäre absoluter Bullshit ist. Bisher weiß nur Leon, dass ich auf Mädels stehe. Und ihm habe ich es auch erst gesagt, nachdem er mir offenbart hatte, dass er schwul ist. Tja, da tun wir immer alle so aufgeklärt, aber sobald es um die eigenen Gefühle geht, ist es eben doch ziemlich schwer, offen zu sein.

Aber es tut gut, zumindest einen zu haben, mit dem ich über alles sprechen kann. Im letzten halben Jahr ist Leon für mich ein echter Vertrauter geworden, fast wie der Bruder, den meine alte Mum manchmal erfindet, wenn sie gerade wieder spinnt. Ich weiß nicht, wie ich die letzten Tage und Wochen ohne ihn überstanden hätte.

Als ich ihm von Dr. Ds Anmachversuchen berichtet habe, hat er mich sofort verstanden und mir geraten, auf keinen Fall darauf einzugehen. Auch wenn es mein letztes Schuljahr um einiges erleichtert hätte ... Aber ich bin froh, dass ich auf ihn gehört habe. Ich hätte nicht mehr in den Spiegel schauen können. Dass ich darüber erst mal mit der Clique und auch mit Tinie sprechen sollte, war zwar auch gut gemeint von ihm, ist aber ziemlich nach hinten losgegangen. Das hat Tinie die Chance gegeben, zu reagieren und mich mit dieser Lüge über Herrn Schiefer total unglaubwürdig zu machen. Aber wie hätte Leon das ahnen können? Er sieht in den Menschen immer erst mal das Gute. Das ist eigentlich eine schöne Charaktereigen- schaft, nur manchmal macht sie einen zu leichtsinnig.

Wer würde sonst seine Gute-Laune-Pillen einfach in seinem Nachttisch deponieren?

Sorry, Leon, aber zu Julian wollte ich deswegen wirklich nicht gehen. Ich hoffe, du machst dir deswegen keine Vorwürfe. Du bist für mich ein echter Anker und der einzige Grund auf der Welt, dieses ganze Chaos mit meiner Mutter, Dr. D und meinem Gefühlschaos überhaupt zu überstehen. Du bist der beste Mensch auf der Welt und wirst es immer sein.

Impressum

© 2020 arsEdition GmbH, Friedrichstr. 9, D-80801 München
Alle Rechte vorbehalten.

Textnachweis

Idee, Text und Konzept Eva Eich

Bildnachweis

Cover: Shutterstock.com/Asukanda; Chaikom; MaKars; andrea crisante; archideaphoto; Checubus

Innenteil: Shutterstock.com/Titikul_B; Animalvector; hxdbzxy; GreenLandStudio; Asukanda; Svetlana Lozina; Markus Gann; paulaphoto; rawf8; dourleak; Boris Rabtsevich; Zonda; ALMAGAMI; andrea crisante; Sergey Lyashenko; Konstantin Faraktinov; Checubus; Potapov Alexander; Sinisha Karich; Chaikom; Peter Hermes Furian; AleksNT; Redaktion93; ch123; Misses Jones; NayaDadara; Skill Graphics; Marko Rupena; Dmytro Falkowskyi; Martijn Alderse Baas; tomjenjira; Sakarin Sawasdinaka; Sensay; Lozhkina Ekaterina; KenSoftTH; Photo Kozyr; Alex_Po; Branko Devic; Studio MDF; gcpics; Boris Rabtsevich; tsuneomp; fewerton; zef art; rdonar; SeluGallego; Andreza Suang; Farknot Architect; OlgaBerlet; Akira Kaelyn; legenda; Cascade Creatives; yanadhorn; Banglens; Sonate; Fer Gregory; tsuneomp; robbin lee; Alex Linch; PrimeMockup; Phakhawat Nankaeo; Sapozhnikov-Shoes Georgy; FocusStocker; Jag_cz; Flas100; PlusONE; Vladeep; Serhii Fedoruk; Anna Vaczi; J. Helgason; maroke; apiguide; Shawn Hempel; Marcel Derweduwen; archideaphoto; logoboom; MaKars; Lissandra Melo; Daniiel; Petr Student

Cover- und Innengestaltung: Marielle Enders, www.itsme-design.de

ISBN: 978-3-8458-3955-4
5. Auflage

www.arsedition.de